# PUERTAS DEMASIADO PEQUEÑAS

Charco Press Ltd.
Office 59, 44-46 Morningside Road,
Edimburgo, EH10 4BF, Escocia

*Puertas demasiado pequeñas* © Ave Barrera, 2013, 2016
© de esta edición, Charco Press 2022
(mediante acuerdo con VicLit Agencia Literaria)

La matrícula del catálogo CIP para este libro se encuentra
disponible en la Biblioteca Británica.

ISBN: 9781913867171
e-book: 9781913867188


www.charcopress.com


Corrección: Carolina Orloff
Revisión: Luciana Consiglio
Diseño de tapa: Pablo Font
Diseño de maqueta: Laura Jones

Ave Barrera

# PUERTAS DEMASIADO PEQUEÑAS

CHARCO PRESS

*A mi padre*

Pero ya que eres digno de la lección y capaz de comprender, te voy a mostrar lo poco que se necesitaría para completar esta obra.

Balzac, *La obra maestra desconocida*

# Primera Parte

Me llamo José Federico Burgos. Soy pintor, hago réplicas de cuadros del Renacimiento y una que otra falsificación. Estoy sentado en el borde del muro más alto de la casa. Voy a saltar. Estoy a punto de saltar. El frío del amanecer me entumece las piernas colgadas en el vacío. Empiezan a apagarse las lámparas del alumbrado público conforme la luz del sol asoma a mis espaldas. Los rayos cortan la bruma recostada en el caserío. Escucho cantar a un gallo, pero debe estar muy lejos. Tal vez esta luz amarilla del amanecer será la última cosa que vea.

Miro hacia abajo y vuelvo a calcular, ahora con ayuda de la luz, las consecuencias de la caída: el muro mide unos seis metros, pero después hay otros quince o veinte de piedras y matorrales en declive. Las ramas servirán para amortiguar el golpe, aunque de todas maneras podría partirme la cabeza con una piedra o quedar paralítico. No tengo alternativa. Volver a esa casa sería peor que morirme desbarrancado.

Apoyo mi peso en el borde y mis nalgas empiezan a resbalarse. Imposible regresar, tendría que sujetarme con ambas manos y una ya la tengo rota, engarruñada sobre el corazón, hecha pedacitos. Salto. Me impulso con fuerza

1

lejos del muro y grito cuando estoy en el aire. Es un grito corto y seco que escucho como si fuera alguien más, aquí junto, quien hubiera gritado. Los nervios se me erizan como púas y cada púa va registrando los detalles de cada millonésima de segundo. No logro percibir el viento, pero sí la fuerza que me succiona como una boca oscura; el desfase entre mi cuerpo que cae y lo que se va quedando un poco más arriba junto con el estómago. Como cuando se pasa por una hondonada a gran velocidad. Luego los pies golpean el suelo y azoto con todo mi peso, que no es mucho, pero son seis metros y la gravedad hace lo suyo. Las piernas se me acalambran y siento una descarga eléctrica que me sube por el torso hasta los brazos. La cabeza me rebota, aunque no demasiado fuerte. Enseguida el movimiento. Soy arrastrado por el movimiento cuesta abajo entre piedras y ramas. Derrape vertiginoso entre terrones duros y rocas. No puedo contar los rasguños y los golpes y los raspones. La distancia, en medio de esta nube de polvo que voy alzando a mi paso, parece mucho más larga de lo que había calculado. Una distancia eterna en la que todo cruje y se rompe y rueda y se desgarra, pero no puedo estar seguro de si lo que cruje y se rompe son las ramas o alguno de mis huesos o mi carne. Siento un piquete en el costado, un pinchazo que bien pudo haber sido solo una espina o algo que me atravesó hasta tocar un órgano, quién sabe, duele lo mismo: ¿Carne o hueso?, es lo único que puedo pensar. Carne o hueso.

Por fin me detengo. La sangre me pulsa en las sienes, en las manos. Estoy consciente. Aturdido, pero consciente.

¡Mi mano!, pienso de pronto como si adivinara un dolor que inmediatamente después estalla, el brazo derecho torcido a un lado de mí, como un fideo. Todo mi cuerpo es un fideo.

Abro los ojos o me parece que abro los ojos en medio de la nube de polvo que se dispersa. Estoy muy cerca de la orilla de la carretera, alguien tiene que verme, alguien que me levante y me lleve a un hospital, o que llame a una ambulancia. Todo es cuestión de esperar. Esperar y controlar el dolor. Quedarse bien quieto para que el dolor no me llene los pensamientos. Entonces sí estaría perdido. Parece extraño, pero el dolor no se localiza ya en el brazo roto o en los raspones, es un latido apocado que me envuelve. Como una bocina tapada con un almohadón.

Escucho el arrastre de pisadas en la tierra, a un lado de mi cabeza. No puedo voltear. Una fuerza como de una mano me lo impide. Por las pisadas deduzco que son dos personas, pero todo lo que alcanzo a ver es la punta de un zapato. Es un zapato de piel, muy fino, perfectamente limpio, ni una brizna.

—Con esos palos no vas a poder jugar aquí. Necesitas un *wood* número 5 de titanio, para que lo levantes con tus bíceps de mantequilla —escucho que dice la voz del que está más cerca de mí.

—Ya pedí unos Dunlop, pero todavía no llegan. Verás ora que lleguen cómo te voy a dar batalla. De nada te va a servir medir el campo con tu vista de teodolito —responde el otro, con acento golpeado como los rancheros de antes.

El hombre de los zapatos limpios se acuclilla junto a mí.

—Vámonos ya, déjalo, está vivo —dice el que se encuentra lejos.

—¿Viste cómo saltó? Creo que es uno de nosotros.

—Qué va a ser, hombre. Ándale, ya tira de una vez.

Se oye el chasquido de un encendedor y percibo un olor a tabaco.

—Hey, muchacho… Muchacho, ¿me escuchas? —insiste el hombre junto a mí. Por un segundo le veo la cara: una amplia calva, las cejas crespas y mirada de duende.

—Aguanta, en un ratito más vienen por ti. Luego que regreses hablamos —escucho que me dice. Se levanta y se aleja.

—¡Órale, a descansar al panteón! —dice su compañero, y ríen los dos de buena gana.

—Te apuesto lo que quieras a que el siguiente hoyo lo hago en menos de tres golpes.

—Nooombre, ¿con tu artritis?, hasta te podría apostar al Milagro.

—Ese caballo es viejo. Seguramente lo viste nacer cuando ya tenías arrugas en las arrugas…

Escucho el golpe limpio del palo en la pelota. Las voces se alejan. Hago un esfuerzo enorme para voltear, pero no puedo. Lo que dicen no tiene lógica, aquí no hay ningún campo de golf ni nada parecido, es un pedazo de baldío junto a la carretera y yo necesito con urgencia que alguien me ayude, que llamen a una ambulancia.

Mi cabeza se libera por fin del peso que le impedía moverse, pero no hay nadie. Estoy rodeado de matorrales espinudos, tierra seca. Alcanzo a ver abajo, a pocos metros, la cinta negra de asfalto y la canaleta de junto. Escucho el rugido del motor de un carro grande. El dolor despierta. Es un disparo que quiebra cada nervio, la descarga de un rayo sobre un tronco viejo. Ni siquiera me da tiempo de gritar. El dolor absorbe de golpe todas mis fuerzas y soy incapaz de soportarlo. Está a punto de aniquilarme cuando algo surge de adentro de mi propia mente y me succiona hacia un rincón pequeñísimo. Una caja oscura y quieta donde no transcurre el tiempo.

# 1.

Desperté aquel día con el arrullo de las palomas. Hará tres o cuatro meses, cuando vivía en el tallercito que había rentado por la 30 y Mina, a la entrada de una de esas vecindades que se pusieron de moda en los años cincuenta y que pronto se volvieron decadentes. Aunque el sitio dejaba mucho que desear, era barato, tenía buena iluminación y baño propio. Eran solo dos habitaciones, ambas con vista a la calle. En una estaba el taller y en la otra me las ingeniaba para vivir. Dormía en un sofá de terciopelo lustroso, mi ropa hecha bola en un par de cajas de detergente Foca, algunos libros y papeles sobre la cornisa de la ventana. En una mesa de cerveza Corona estaba la tele y una parrilla eléctrica donde calentaba agua para Nescafé o preparaba la cola de conejo para las imprimaturas. Tenía también un refrigerador chiquito, color crema, donde muy de vez en cuando ponía a enfriar las cervezas.

Del lado del taller había una mesa de madera, un caballete hechizo, un anaquel con materiales y una silla de rueditas que había conseguido en el Baratillo a muy buen precio. Recargados contra la pared había cuatro o cinco lienzos apenas empezados o a medias.

Tocaron la puerta. No sé si era la primera vez o si llevaban rato tocando y fue eso lo que me despertó. Era demasiado temprano para mí, yo por aquellos días acostumbraba levantarme después de las diez y en ese momento debían ser como las ocho de la mañana. Me incorporé en el sofá y vi que sobre el vidrio graneado se dibujaba la sombra de dos personas: la primera, redonda y chaparra, debía ser doña Gertrudis, la casera. La otra era de un hombre alto y cuadrado como un ropero.

Me extrañó que doña Gertrudis fuera un día antes de lo acordado para que le liquidara los cuatro meses que debía de renta, y más todavía que se hubiera hecho acompañar de quien debía ser su sobrino. Doña Gertrudis siempre encontraba la ocasión de sacar a cuento las proezas de que era capaz su «Panchito», un héroe mascatornillos que trabajaba en el Abastos y que, según ella, podía desde cargar un tanque de gas en cada hombro hasta peregrinar de rodillas a Zapopan el doce de diciembre sin hacer la más mínima mueca de dolor. Decidí no hacer ruido hasta que se fueran. Volvieron a tocar.

Me dieron ganas de ir al baño. Al levantarme escuché que introducían una llave en la cerradura. Me detuve alarmado. Afortunadamente, la noche anterior había puesto el seguro, de modo que el hombre forcejeaba con la llave sin poder abrir. Solté una risita silenciosa para sacudirme la molestia que me provocaba aquella grosería. Murmuraron algo y volvieron a tocar, tan fuerte que seguramente habrán descascarillado la pintura.

Esperé hasta estar seguro de que se hubieran ido para jalar la palanquita. Luego de mojarme la cara, sentí que la indignación y el susto disminuían para dar paso a la angustia. Estaba llegando a la condición más paupérrima de aquella racha nefasta y no encontraba de dónde sacar ánimos para componer las cosas. Busqué en la caja de la ropa un pantalón de mezclilla que no estuviera tan sucio, aunque todos invariablemente estaban manchados de pintura, y una camisa de cuadros de manga corta. Hacía demasiado calor como para ponerse camiseta debajo.

En un rincón, del lado del taller, estaba recargado el tríptico victoriano que la señora Chang me había pedido que le restaurara. Por más que insistí en que yo ya no hacía restauraciones, pudo más su encanto burgués, la inmediatez con que sacaba su chequera y la imposibilidad de aplazar más el pago de la renta. Toqué con cuidado la superficie de las hojas abiertas a cada lado para ver si estaba seco el barniz que había aplicado por la noche. Todavía estaba tierno, pero no podía esperar más, así que cerré las hojas sobre la caja del centro.

Una de las desventajas de despertar temprano, y todo el que haya sido pobre lo sabe, es el hambre. En el refrigerador no había nada además de un limón seco en la huevera y una lata oxidada de chile chipotle. Entre los tubos de pintura encontré medio paquete de galletas saladas. Luego de asegurarme de que no hubiera dentro algún bicho lo sujeté con los dientes, tomé las llaves y cargué con el tríptico para salir a la calle.

No acababa de cerrar la puerta cuando vi que junto a mi camioneta me esperaban doña Gertrudis y el gorila que la custodiaba. Vacilé un momento, pero no tenía más alternativa que confrontarlos. Empecé por soltar el paquete de galletas para darles los buenos días. Doña Gertrudis se cruzó de brazos y bajó la mirada. Su sobrino se adelantó en forma agresiva:

—Estuvimos tocando buen rato, ¿por qué no abriste?

—Sí, escuché, nomás que estaba en el baño y cuando salí ya no había nadie. También oí que trataron de abrir. No sé si sepan, pero es ilegal invadir la privacidad de los inquilinos.

Por un momento el fortachón pareció ligeramente intimidado y aproveché para dirigirme a la señora.

—Dígame en qué le puedo ayudar, doña Gertrudis.

—No, pues quería ver si me va a poder pagar lo de los meses atrasados —contestó cohibida, escondiendo la cara y jalándose el suéter sobre los voluminosos pechos.

El tríptico era muy pesado y no me quedó más remedio que bajarlo y apoyarlo encima de mi pie.

—En eso quedamos, en que mañana le liquidaba el total de la deuda. No veo por qué tendría que quedarle mal. Como puede ver, yo ahorita entrego este trabajo y me pongo a mano con usted. No tiene por qué tratar de meterse a mi casa con todo y guarura.

El tipo se puso a la defensiva, esta vez con mayor violencia.

—Por si no lo sabías, yo soy el sobrino de la señora, y de ahora en adelante lo que quieras reclamarle a ella lo vas a ver conmigo, cómo ves.

—No, pues está bien. Yo mañana le pago, como quedamos, doña Gertrudis.

Intenté adelantarme para abrir la camioneta, pero se me interpuso el fortachón.

—Nada de que mañana. Tienes veinticuatro horas, ¿me oíste?

Tan claro como que había oído esa línea en un montón de películas.

—Újule, ¿no se podrá mañana? —le dije resoplando por el esfuerzo que hacía para subir el tríptico a la cabina.

—Veinticuatro horas —remarcó el otro con el dedo índice levantado frente a mi cara— o sacamos tus chivas a la calle y te vas a volar.

—Bueno, pues, veinticuatro horas. Yo sin falta le pago, doña Gertrudis, no se apure. Hasta mañana, que tenga bonito día, eh. —Sonreí al encender el motor y hasta les dije adiós con la palma de la mano.

Mientras conducía por las calles de Jardines del Country hacia la casa de la señora Chang, sentí cómo recuperaba el aplomo y la confianza.

A bordo de mi camioneta, una Chevrolet roja modelo 87, casi nueva, solo con tres años de uso, podía sentirme dueño de la situación. Que rodara el mundo; total, si me corrían podía dormir ahí o irme de vago y llegar a donde quisiera. Por lo pronto me quedaba un cuarto de tanque y con eso sería suficiente para dar las vueltas que tuviera que hacer ese día. De cualquier manera iba a tener que salirme pronto de ese departamento, rentar algo mejor, donde al menos no tuviera que convivir con gente tan ordinaria.

Llegué, toqué el timbre y me respondió en la bocina del interfón una voz conocida.

—Mari, buenos días. Aquí le traigo su encargo a la señora.

—Uy, joven, fíjese que la señora no está. Tal vez regrese en la tarde, pero no es seguro. Anda en Ajijic, arreglando unos asuntos.

—No me diga, Mari. Oiga, ¿y no sería posible que le dejara aquí el encargo y regreso en la tarde a buscarla?

—Ay, no, joven, me da mucha pena, pero ya ve que luego la señora me regaña. Mejor llámele al rato.

Maldiciendo para mis adentros subí de nuevo el tríptico a la camioneta y conduje sin rumbo por la colonia. No sabía qué hacer. En realidad no tenía a dónde ir y era una tontería gastar la poca gasolina que quedaba, de modo que me estacioné en una sombrita, junto a un parque. Alcancé el paquete de galletas y me puse a comer. Imaginaba qué estarían desayunando las personas que vivían en ese barrio: chilaquiles con pollo, sincronizadas de salami y queso Gouda, café capuchino. Me recriminaba por haber llegado hasta ese punto.

Desde que dejé el taller de Mendoza no había conseguido siquiera un poquito de estabilidad y me sentía cada vez más agotado. Al principio había sido hasta motivo de entusiasmo dejar la rutina sosa de pintar las mismas copias de los mismos cuadros trilladísimos, lo que compraba la gente: giocondas, bacos, últimas cenas. Desde que comencé a trabajar por mi cuenta, me propuse pintar obras del Renacimiento que no fueran tan populares, cuadros que a mí me parecían incluso más logrados que los que se habían vuelto tan famosos. Confiaba en que la gente apreciaría la belleza de aquellas pinturas y se abriría a nuevas perspectivas para enriquecer poco a poco el panorama de lo que ellos entendían por arte y descubrir que había cosas mucho más interesantes y originales con que decorar su sala. A mediano plazo, con algunos ahorros y un puñado de clientes, podría comenzar a trabajar en mi propuesta de autor. El plan suponía un esfuerzo tremendo, pero parecía valer la pena. Todavía no alcanzo a comprender cómo fue que resultó ser un absoluto fracaso.

Gasté lo poco que tenía en el tiempo y los materiales que invertí para pintar aquellos lienzos que paseaba de allá para acá, de una galería a otra, de la glorieta Chapalita al Trocadero de Avenida México. Y no era que mis Tizianos y Vermeeres fueran malechuras, al contrario. Infinidad de gente se detenía para contemplarlos, me hacían preguntas, averiguaban el precio. Los galeristas me felicitaban por la proeza de proponer algo distinto en un mercado tan hermético y conservador. Hipócritas. A final de cuentas nadie parecía estar dispuesto a pagar lo que aquellos cuadros valían y me vi obligado a malbaratarlos para pagar las deudas que ya para entonces había adquirido, a repartirlos en las galerías como si se tratara de la muestra gratuita de un nuevo champú.

De manera lenta pero irreparable me fui dejando invadir por el desánimo. Pintar carecía de sentido, pero no pintar y hacer cualquier otra cosa también. No estaba seguro de cuál de las dos opciones era peor y no quería decidirlo. No quería hacer nada. Ni volver a las copias tradicionales, ni buscar otro trabajo, meterme de mesero o dar clases de dibujo en alguna escuela o taller dominical. Como copista, por muy bueno que fuera, iba a quedar siempre sepultado bajo el peso de un cadáver de quinientos años; como autor no tenía los contactos para hacer valer mi propio nombre, ni las agallas para sobrevivir a la grilla de los buitres que imperaban en el cacicazgo provinciano y hostil de Guadalajara.

Tenía la boca seca. Bajé de la camioneta y caminé por el parque. Por suerte encontré un surtidor de agua mal cerrado. Alrededor se formaba un charco de donde bebían media docena de zanates negros que al verme se alejaron dando saltitos. Acerqué la boca al tubo para beber, luego me mojé la cara, el cuello. No quedaba más remedio que esperar a la señora Chang, así que me acosté en un pedazo de pasto seco con las manos en la nuca y me quedé profundamente dormido.

Desperté cerca del mediodía, un poco más preocupado, convencido de que no podía poner todos los huevos en una sola canasta. No podía confiarme solamente del pago de la señora Chang. ¿Qué pasaría si no regresaba esa tarde?

¿Y si me daba un cheque posfechado como solía suceder?

«Perdóneme, José —me había dicho alguna vez—, pero es que mi marido ahora sí me quiere matar de hambre. Se queja de que gasto mucho, ¿usted cree…? Yo de plano le digo que deje la política y mejor se dedique a falsificar billetes». Cómo me exasperaban esas señoras encopetadas, pero ignoro por qué acababa siempre cediendo a sus caprichos. Alguna vez llegué a pintar de azul los cristales de un candil araña, y hasta falseé el nombre que llevaba inscrito el retrato de una condesa, lo que seguramente serviría para respaldar alguna intriga de familia.

No, en el mundo de la señora Chang no cabían preocupaciones como la que ocupaba mi cabeza. Se me ocurrió que podía visitar a don Rafa Salado, un chacharero de Avenida México a quien conocía de mucho tiempo. Alguna vez me había sacado del apuro, y me había dado oportunidad de pagarle con obra, aunque no por ello pasaba por ser un alma caritativa. Siempre encontraba la manera de salir ganando.

Su verdadero apellido era Salgado, pero en el medio de los chachareros se había ganado el mote de Salado por la mala suerte que tenía para vender. Sin importar qué tan buena fuera la mercancía que él pusiera a la venta, se quedaba años y años varada, cubierta de polvo entre las montañas de basura que retacaba en su bazar, si se le podía llamar bazar a ese local sin vitrinas, abierto a la calle por una cortina de fierro a medio alzar, donde no se paraban ni las moscas.

Al llegar reconocí el olor a polvo y sudor rancio. Todo estaba exactamente igual que la última vez. Junto a la entrada el escritorio lleno de papeles viejos, una silla de piel sintética con rasgaduras por donde asomaba el relleno de esponja y sobre la silla el viejo gato de don Rafa, un gato blanco percudido, con la oreja tarascada en forma de media luna, que al notar mi presencia levantó la cabeza y volvió a dormir. En la trastienda se escuchaban voces y escándalo de cantina.

Atravesé el archipiélago de muebles y objetos empolvados para ir a asomarme. Como suponía, estaban los de siempre, un grupo de artistas de la bohemia que se pasaban ahí las tardes jugando cartas y hablando de política mientras empinaban galones de tequila Tonayan rebajado con refresco o agua de la llave. Los conocía bien. Aunque eran mayores que yo, había convivido con ellos desde siempre, compartíamos los mismos lugares de reunión, las fiestas, las amistades. Parecían omnipresentes en su nulidad. Yo procuraba evadirlos, me aterraba la posibilidad de acabar siendo uno de ellos, aunque últimamente estaba haciendo muchos méritos para conseguirlo.

—¿Qué pasó, mano? ¡Qué milagro! —alzó la voz don Rafa sin levantarse de su asiento ni despegar la vista de la tirada de póquer que tenía enfrente—. Siéntate, sírvete algo. Nomás deja acabar de despacharme a esta pipioliza.

Me recargué en un mueble y saludé de lejos a los demás jugadores: Juárez, el poeta, con su flor sucia en la solapa; su novia, una viuda negra que siempre quiso ser actriz y se pintaba la boca muy roja por afuera de los bordes; el músico que interpretaba trovas en los bares del centro a cambio de propinas, y el Púas, un punketo barrigón que vendía discos de acetato junto al Roxie, presumía que su más grande hazaña había sido comer una pizza familiar entera sin rebanar, enrollada como taco.

La Malinche, una hippie muy venida a menos con quien yo había salido alguna vez, me ofreció un vaso lleno de tequila con refresco de toronja. Aunque la bebida estaba casi caliente, el dulzor me refrescó la garganta y empiné el vaso en unos cuantos tragos. El tequila me cosquilleaba en el estómago vacío y sentí de inmediato cómo me desataba la trabazón de los huesos.

Cuando la partida terminó, don Rafa le cedió su lugar a la Malinche.

—Qué bueno que te veo —dijo don Rafa llevándome aparte, hacia la tienda—. Ahora sí te desapareciste, ¿qué te pasó?

—Ando con un proyecto grande —mentí.

—¿Del museo?

—No, al museo ya no le trabajo. Es para un particular. Nomás que me hizo falta material. Quería ver si podías prestarme para comprarlo y en cuanto me paguen te lo repongo —había armado todo ese cuento en el momento, ni siquiera lo pensé.

—Mmh, yo ando igual —dijo de forma automática.

—Cuando mucho sería un mes…

—No, mano, está difícil. Apenas acabo de salir de unas deudas.

Ambos sabíamos que estábamos mintiendo. Al menos yo estaba seguro de que la bolsa canguro que Salado llevaba debajo de la panza siempre estaba llena de billetes. También sabía que ese dinero provenía de algún negocio turbio que nada tenía que ver con el bazar.

—Bueno, pues no he dicho nada —dije un poco molesto, y me dispuse a salir.

—Espérate, espérate. ¿Te acuerdas del cuadro que me dejaste la otra vez?

—¿La *Flora* de Tiziano? —pregunté al tiempo que lo buscaba con la mirada entre los montones de objetos.

—Se lo llevó un cliente hace como quince días. Estaba muy interesado en contactarte, pero no tengo tu teléfono. Por qué no hablas con él, tal vez quiera hacerte algún encargo.

—No sé si pueda —le dije por hacerme el digno—. Ahorita ando con este otro proyecto, tendría que terminarlo primero.

—Tú habla con él, y ya que te diga de qué se trata.

Antes de que pudiera inventar otro argumento, don Rafa ya tenía la bocina del teléfono en la mano y discaba el número.

—Yo luego le llamo —quise interrumpirlo.

—De una vez, ándale… ¿Sí? ¿Señor Romero?, sí, soy yo. Está aquí conmigo el pintor… Ei, el de la copia que se llevó.

Maldije por lo bajo al viejo que me alargaba la bocina.

—Qué tal, buenas tardes, José Burgos para servirle —imposté la voz con seriedad.

—Necesito que vengas. ¿Puedes venir ahorita a mi despacho? Me urge que me hagas un trabajo. Es muy importante.

—¿Ahorita? —titubeé.

—Sí, es urgentísimo. Te espero hasta las dos. El despacho queda en Américas y Joaquín Angulo, del lado derecho; hay un portón de madera. Tocas y preguntas por Horacio Romero —colgó.

No me había dado oportunidad de decir nada. Hablaba rapidísimo. Intentaba escribir los datos a la vuelta de un volante de fumigaciones, pero ninguna pluma servía y tuve que grabarme la dirección de memoria. Faltaban quince minutos para las dos. Si quería averiguar de qué se trataba, tenía que darme prisa. El lugar no estaba lejos. Me despedí rápido de don Rafa y a las dos menos tres minutos ya estaba estacionado sobre la acera de la avenida. Localicé el portón de un largo tejabán emparedado entre dos edificios modernos.

Toqué el timbre. Se asomó por la ventanita un tipo de nariz aguileña que me preguntó qué quería. Cerró la ventanita y me dejó pasar a la sombra de un zaguán de piso de piedra. El hombre, que presionaba con el pulgar la boca de una manguera chisporroteante, me indicó seguir hasta el fondo. El zaguán era una tripa ciega, sin puertas ni ventanas. El tejado se elevaba cada vez más alto, el aire era húmedo y sombrío. Al fondo había un jardín de papiros y enredaderas, bañado por la luz del mediodía. El suelo daba paso a un estanque lleno de peces anaranjados que uno tenía que atravesar sorteando un caminito de piedras lamosas.

—¿Señor Horacio? Buenas tardes —dije al llegar al otro lado del jardín, a la entrada de un galerón oscuro. Tenía la garganta seca por los nervios. Entré. Por encima del olor a polilla y cosa vieja lograba distinguir el de goma laca, óleo, cera de abeja.

Como la vista no se me acostumbraba todavía a la oscuridad, apenas lograba adivinar los contornos de los bultos que se alzaban a los lados, por donde iba pasando. Objetos amontonados, cubiertos con tela o plástico burbuja. Al fondo del galerón, la luz de una lámpara de pantalla verde trazaba un círculo en torno a un escritorio.

—Disculpe, ¿es usted el señor Horacio Romero? —me acerqué. El hombre hablaba por teléfono y al verme hizo una seña de que lo esperara y tomara asiento frente a él. Era un tipo refinado, aunque de carácter imperativo. Lo escuchaba hablar de la misma forma directa y violenta con que se había dirigido a mí hacía unos minutos, diciendo me urge esto, me urge aquello, «ya verás cómo te arreglas con la aduana, no importa cuánto cueste, esa mercancía tiene que entrar al país inmediatamente» y cosas así. Me daba mala espina toda esa urgencia impetuosa.

Mientras esperaba, la vista se me acostumbró a lo oscuro y pude distinguir cada vez con mayor asombro el tipo de mercancías que llenaban el lugar: desde porcelanas de quién sabe qué dinastía hasta retablos completos extraídos de alguna iglesia colonial; esculturas de talla guatemalteca estofadas en hoja de oro, policromadas; había colmillos de elefante sucios de lodo, con la carne seca todavía en el extremo del que habían sido arrancados, troncos de dos o tres metros de diámetro de maderas preciosas; libros, montones y montones de libros antiguos; piezas prehispánicas de barro, de piedra caliza; ángeles del tamaño de un hombre tallados en ébano con incrustaciones de oro; caparazones de tortuga carey; armarios, baúles y biombos de marquetería hindú, de filigrana y marfil. Un atado compacto, sujeto con cuerda de ixtle, insignificante a primera vista, acabó por convencerme de toda esa desmesura imposible de abarcar con los ojos: eran pieles de animales salvajes. Un bloque de más de dos metros de pieles de animales que alguna vez recorrieron la selva, la sabana, el desierto, ahora estaban ahí amontonados como cabezas de cerdo en una carnicería. El valor de aquellos objetos era incalculable por sí mismo. Cómo se le pone precio al tiempo y a la memoria. Imaginé por un momento que los objetos murmuraban en la penumbra y fue como si una mano erizada me tocara la nuca.

Volví a refugiar la mirada en la isla de luz que rodeaba el escritorio. Horacio colgó el teléfono y se levantó un segundo para saludarme.

—Eres el pintor, ¿verdad? Qué bueno que llegas, no sabes el gusto que me da conocerte. Es raro en estos tiempos encontrar buenos copistas.

Yo también me puse de pie y estreché su mano, blanca y muy blanda, como de niña. Volvimos a sentarnos.

—Necesito que me falsifiques un cuadro.

Lo dijo así, con todo el descaro. De inmediato una voz de alarma surgió en mi memoria y me puse aprensivo, aunque no quise actuar en forma descortés, así que seguí escuchando.

—Es un negocio muy bueno. De salir bien te pagaría mucho más de lo que corresponde. El problema es que se trata de una tabla del siglo xvi. Está difícil que alguien se anime. Es demasiada pieza.

—¿Una tabla del siglo xvi? ¿De quién? —pregunté cada vez más intrigado.

—Es una reliquia familiar, el valor museográfico no me interesa tanto, pero por lo que sé se atribuye a Mabuse. ¿Alguna vez has trabajado con obra de esa antigüedad?

Negué moviendo apenas la cabeza, perplejo.

—Y la copia… la falsificación, ¿qué finalidad tendría?

—Naturalmente, pasar por el original —sonrió cínico.

—Claro, pero ¿para quién?

—Para los herederos.

Escupí una bocanada de aire, como si estuviera jugando una difícil partida, y me rasqué la cabeza.

—No, pues sí está difícil. Creo que yo no voy a poder

ayudarte, Horacio.

—Cómo, ¿te parece imposible falsificar una tabla de Mabuse?

—No, si de que se puede, se puede. Lo que pasa es que a mí no me gusta meterme en esa clase de líos, y por lo que me cuentas está complicado —recargué la espalda en la silla y observé su gesto iracundo como de dragón chino—. Mira, la verdad es que hace tiempo me metí en un problema muy fuerte, y a partir de entonces me prometí no volver a falsificar obra. De hecho ya no quiero hacer copias ni nada de eso. Estoy trabajando en mis propios cuadros.

Su gesto se suavizó. Apoyó los codos en el escritorio y me dijo con tono persuasivo:

—Claro, te entiendo. Sé de lo que me hablas. De hecho por eso te buscaba a ti. Supe lo que pasó con el diputado aquel. Mis respetos, eh: no cualquiera llega hasta la subasta de Sotheby's.

—Entonces sabes a qué me refiero.

—Claro, ya lo decía Picasso, los verdaderos genios no copian, roban.

—Sí, lo malo es que luego lo meten a uno a la cárcel.

—Bueno, bueno, está bien. La verdad es que con el talento que tú tienes debe ser difícil no verse tentado a hacer falsificaciones. No cualquiera puede demostrar que se encuentra a la altura de los grandes maestros…

Por taimadas que fueran las adulaciones de Horacio, no podía evitar sentirme complacido. Eran gotas de lluvia en el suelo seco, luego de aquellos meses áridos en que todo parecía ponerse en mi contra. Agradecí la deferencia, aunque no sabía si el hecho de que me buscara por esos antecedentes fuera algo bueno. De cualquier manera decliné su oferta. Le pasé el teléfono de Felipe, un amigo con quien trabajara en el taller de Mendoza. Él seguramente aceptaría. Me levanté para salir y le estreché de nuevo la mano.

—Piénsalo —dijo insistente—, me quedaría mucho más tranquilo si te encargaras tú del trabajo. De todos modos ahí luego me enseñas tus cuadros. Yo no suelo comprar obra de autor, pero podría contactarte con un par de clientes.

De nuevo le di las gracias y me dirigí a la salida donde la luz del sol formaba una escuadra de brillantes partículas de polvo en suspensión. Hacía casi dos años de aquel incidente al que Horacio se había referido. En el taller de Mendoza, solíamos hacer restauraciones y copias de resguardo para los museos del Ayuntamiento. Eran de sobra conocidas las mañas que Mendoza se daba para ponerse del lado de los políticos en el poder y ganar el favor de la gente que asignaba las licitaciones. Sin embargo, aquella ocasión había llegado demasiado lejos. Un diputado le había pedido que falsificáramos un cuadro de Villalpando para poder llevarse el original a su casa. Felipe y yo, los favoritos del maestro, seríamos los encargados tanto de la realización de la réplica como de suplantar una pieza por la otra.

Mendoza nos había invitado a la cantina, solo a nosotros dos, «yo sé que puedo confiar en ustedes, muchachos». Puso buenos tragos sobre la mesa y nos explicó de qué se trataba. Asentimos con gesto adusto y cara de circunstancia, tomándonos muy en serio el compromiso con el patrón. No era la primera vez que falsificábamos obra, aunque nunca nos habíamos visto ante un franco robo. Mendoza sabía cómo darnos por nuestro lado y hacernos sentir importantes. Decía cosas como «si esto sale bien, en el futuro podríamos hacer mucha lana como socios», o «yo confío en ustedes, sé que está por demás pedirles absoluta discreción, incluso con la gente del taller». Luego aprovechó cuando Felipe se levantó al baño para decirme cuánto me iba a pagar y que, como era en quien más confiaba de los dos, sería yo quien me encargara de todo el papeleo. Estuvimos buen rato afinando detalles de la maniobra. Como empleados de mantenimiento tendríamos manga ancha para hacer y deshacer en el museo. Mendoza se levantó de la mesa y dijo que debía volver temprano a su casa, pagó la cuenta y dejó váucher abierto: «Celebren ustedes por mí, tómense lo que les pegue la gana, al fin que están solteros, aprovechen, uno que ya está amarrado como burro no tiene pa dónde hacerse».

Ya entrados en tragos, se me salió decir que con ese dinero por fin terminaría de pagar mi camioneta. Felipe se puso pálido y muy serio, con la vista clavada en el vaso. Era mi amigo y sabía exactamente cuánto me faltaba para pagar la camioneta. Mendoza le había ofrecido menos de la mitad. En lugar de enemistarnos, nos pusimos a especular cuánto ganaría Mendoza a costa de nosotros.

Se nos ocurrió entonces jugarles su plan a la inversa. Haríamos la falsificación y toda la farsa del reemplazo, pero le entregaríamos al diputado la falsificación en lugar del original. Sabíamos cuáles eran los detalles que debíamos cuidar para que al final ni el mismo Mendoza supiera dónde quedó la bolita. Esa noche salimos abrazados de la cantina, jurándonos hermandad eterna y sintiéndonos los justicieros del arte virreinal.

Llevamos a cabo todo nuestro plan, entregamos el cuadro falso al diputado y hasta nos dimos el lujo de instalarlo en su casa nosotros mismos. Mendoza tuvo que haber visto el cuadro en casa del diputado, en alguna cena de politiquillos, sin darse por enterado de que era el falso. El original, mientras tanto, seguía en su lugar, en el museo.

Meses después nos detuvieron a Felipe y a mí y nos hicieron declarar que habíamos falsificado el cuadro. El diputado en cuestión había sido tan idiota que pensó que podía subastar una pieza de Cristóbal de Villalpando así, como si nada. Los valuadores de Sotheby's descubrieron que se trataba de una falsificación y se hizo un gran escándalo del que acabé siendo chivo expiatorio por haber firmado el papeleo. Mendoza pagó la fianza a cambio de que me quedara callado y de que me mantuviera al margen de cualquier cosa que tuviera que ver con él. De Felipe no volví a saber nada.

Había procurado olvidarme de esa historia, pero ahora que Horacio la traía a cuento regresaba con todos sus detalles. Tenía que reconocer que el conflicto aquel me había lastimado profundamente y que desde entonces no hallaba la manera de recuperar el ánimo. Ya no estaba yo para esos bretes. Me buscaría un trabajo de lo que fuera y me olvidaría de la pintura de una vez por todas. No estaba dispuesto a pasar otra vez por una situación así.

En la calle, el sol de las dos de la tarde me dio de lleno en la cara. Parpadeé un par de veces antes de descubrir que la acera estaba vacía. Mi camioneta había desaparecido. Se me retorcieron las tripas cuando vi en el semáforo, del otro lado de la avenida, la grúa que la remolcaba. Intenté correr, alcanzar a la grúa para rogar al conductor que no se la llevara. Hubiera sido capaz de colgarme del vehículo en movimiento, que se detuviera a como diera lugar para después hincarme y pedir clemencia: «Es lo único que tengo, por favor no se la lleve, tome lo que quiera, hago por usted cualquier cosa con tal de que no se la lleve». O que al me nos me permitiera bajar el tríptico de la señora Chang para tener con qué pagar la multa. Pero el semáforo se puso en verde antes de que yo pudiera llegar a la esquina y cruzar. De cualquier modo no hubiera tenido nada que ofrecer al conductor, ni siquiera una módica mordida. Agité los brazos desesperado, impotente viendo cómo se alejaba mi única pertenencia, y luego me quedé plantado ahí, dejándome chamuscar por el sol sin saber qué hacer. Al final hice girar mis talones para volver vencido al portón de madera. Timbré varias veces. Me pareció eterno el rato que pasé ahí, bajo la resolana, esperando a que me abrieran.

—Me dejaste con la inquietud. ¿Podría ver el cuadro?—dije, de nuevo frente al escritorio de Horacio, tratando de ocultar al máximo la cara de preocupación que seguramente tendría—. No todos los días se encuentra uno en México con una tabla del siglo xvi, y yo…

—Claro, hombre, ¡faltaba más! —Esbozaba una sonrisa maliciosa.

—Verlo, solamente. Sin comprometerme a nada.

—La verdad es que me serviría mucho saber tu opinión —dijo ya en serio—. En eso de la conservación me declaro un perfecto ignorante y quiero que me aconsejes.

—Miró su reloj y se levantó de la silla—. ¿Tienes hambre? Mi restaurante está aquí enseguida. Es uno de los mejores de la ciudad. Vamos, te van a encantar las escalopas a la termidor.

Yo nunca había entrado a comer a un lugar tan lujoso. Me sentía halagado por la invitación, al mismo tiempo que me daba vergüenza la ropa de trabajo a media mugre que llevaba puesta. El capitán de meseros nos recibió y nos condujo hasta la que debía ser la mesa favorita de Horacio. Tanto el capitán como el mesero que se acercó para atendernos se esforzaban para no fruncir las narices ante mi aspecto; con toda seguridad se estarían preguntando qué demonios hacía el dueño del restaurante con un pelagatos como yo.

Horacio le pidió al mesero varios platos de nombres raros o en francés, sin necesidad de ver la carta.

—Pones todo al centro, y me traes un agua mineral con mi Cosmo antes que nada.

—¿El caballero qué va a tomar? —dijo el mesero

dirigiéndose a mí, pero con la vista clavada en su libreta.

—¿Qué cerveza tiene?

—¿Clara u oscura?

—Tráigame una Estrellita, por favor —me sentía cada vez más humillado y ridículo. En lugar de pedir vino, tequila o ya de perdida una cerveza oscura, había elegido lo más ordinario por miedo a no encajar en el protocolo. A Horacio no pareció importarle. Ahora podía verlo con más claridad, su porte amanerado y elegante, melena engominada, pantalones de gabardina blanca, mocasines.

—Cuéntame, quiero saber todo acerca de tu trayectoria profesional —me dijo—. ¿Dónde naciste? Porque no eres de Guadalajara, ¿verdad?

Empecé por contar, entre titubeos, que había nacido en Quiroga, Michoacán, que pertenecía a una familia de artesanos y que desde muy chico me había tomado a su cargo un restaurador amigo de mi abuelo que trabajaba para el Museo del Virreinato.

—¡Mario! —llamó Horacio al mesero—, tráele un tequila de mi cava al señor. Y otro Cosmo para mí.

Luego de las bebidas llegaron las fuentes de comida y me dejé invadir por los olores suculentos del aceite de oliva, la carne, la albahaca y la cebolla. El mesero distribuyó en nuestros respectivos platos raciones pequeñas y comenzamos a comer. Era lo más delicioso que había probado en mi vida. El sabor de las hierbas, la mantequilla, la textura de la carne blanda en el paladar.

—No me digas que estudiaste Artes Plásticas aquí —dijo Horacio—. A leguas se ve la técnica que tú tienes, y eso solo se aprende en el extranjero.

—Pues fue sobre todo por mi maestro, él hacía también réplicas para museos y para coleccionistas, lo buscaban mucho. Tal vez habrás escuchado hablar de él, se llamaba Lorenzo Cruz.

—Lorenzo… Lorenzo Cruz. No, no me suena.

—Cuando él falleció, el INAH puso a gente de la escuela de conservación a cargo del museo y yo me vine a Guadalajara.

—Uy, los restauradores del INAH son un verdadero desastre. Y entonces fue que comenzaste a estudiar. ¿Estuviste en Florencia, en Milán?

—Eh… sí, unos meses —mentí—, pero la verdad sentía que estaba perdiendo el tiempo con eso de la teoría. Yo sé que es muy necesario, pero ya ves, había aprendido algo con la práctica y necesitaba trabajar.

—Dime una cosa, José —dio un trago a su bebida y se acercó a mí, como si fuera a contar un secreto—. ¿Tú sabes poner la manzana en la mejilla?

Me sentí de pronto abochornado. No sabía si era una insinuación, una broma o si estaba hablando en serio de algo que yo ignoraba. Horacio se dio cuenta de mi turbación.

—¡La técnica del *verdaccio*, hombre! —dijo soltando una risotada—. Que si sabes esfumar rubores con el *verdaccio crecento* y el *amarilento cenizento azuroso*.

—Ah, sí, claro —respondí abrumado—. Varias veces vi a mi maestro trabajar con esa técnica, conozco el procedimiento, aunque hace mucho que no la aplico.

—No te preocupes, prácticamente ya ningún copista la usa. Me basta con que la conozcas. Solo a partir de un buen *verdaccio* se le puede poner la manzana en la mejilla a *La Morisca*.

Pensé que Horacio estaba dando por sentado que yo aceptaría el encargo. No estaba seguro de que fuera un verdadero alivio, aunque a decir verdad no me quedaba más alternativa. Todo sería cuestión de negociar el anticipo.

—Está por llegar al país un copista excelente, el mejor — dijo de pronto—. Aprendió con los maestros de Florencia, un verdadero genio, desde niño ya copiaba obras de Leonardo y de Almedina con tal perfección que le llaman *Il Miracolo Torino*. Seguro te encantaría conocerlo. Espero que acepte copiar mi Morisca. Para él será de lo más fácil, el problema es que cobra demasiado… demasiado. En fin, si no llegáramos a un arreglo, me pondría en contacto con tu amigo… ¿Cómo dices que se llama?

—Felipe —solté en un hilo de voz. De nuevo la barriga me había dado un vuelco. No sabía qué tan cierto era lo del pintor aquel o si Horacio lo decía para picarme la cresta. Lo cierto era que de perder esa oportunidad iba a quedarme literalmente en la calle.

El mesero se acercó por los platos vacíos y preguntó si tomaríamos café. Yo no acostumbraba tomar café a esa hora, pero se estaba apoderando de mí la pesadez de los varios tequilas que llevaba ya, desde la Paloma rancia que me había tomado en el bazar de don Rafa. Pedí un café americano bien cargado, y Horacio pidió un expreso y una tarta de manzana con helado de vainilla para compartir.

—¿Y bien…? ¿Qué fue exactamente lo que pasó?

—¿Eh? ¿A qué te refieres?

—Con lo del Villalpando. Quiero que me lo cuentes todo, cada detalle.

Las campanadas de un reloj de pared me pusieron al tanto de la hora. Eran las tres y media. Si quería conseguir el dinero de la renta, tenía que irme de ahí en ese momento y comenzar a pensar en algo. O podía arriesgarme con la falsificación de Horacio, si es que se decidía contratarme a mí en lugar del Miracolo Torino.

—¿Qué pasa, hombre? ¿Te molesta la pregunta?

—No, no, perdona. Me acordé de que tengo que resolver un asunto.

—Pero un asunto de qué, si estamos platicando tan a gusto.

—Olvidé que tenía que pasar al banco. Necesito

hacer una transacción para liquidar un pago. —«La única transacción que podría hacer ahorita en un banco sería un asalto a mano armada», pensé.

—¿Y por tan poca cosa te vas a levantar a media comida? No seas maleducado, hombre. ¿Qué no querías ver el cuadro? A ver… ¡Mario! Tráeme una libreta y un lápiz. Espero que no sea una fortuna lo que tienes que pagar, porque si es así, vas a tener que ser mi esclavo de por vida. Toma… —me entregó el papel y la pluma—. Anota ahí los datos de la persona a quien le tienes que liquidar, su cuenta o su dirección o lo que sea, la cantidad exacta y ahorita mandamos a mi secretario. Ya después hacemos cuentas tú y yo.

—No, Horacio, ¡cómo crees! No puedo aceptar que…

—Tómalo como un favor de amigos.

—Pero si apenas nos conocemos, Horacio, de veras que no podría abusar así de tu confianza.

—¡Escribe! ¡Ya! Me voy a molestar mucho contigo. Y no sabes de lo que soy capaz, no soporto esas groserías.

Lo dijo de un modo tan autoritario y amenazador que no me quedó más remedio que escribir en la libreta los datos de doña Gertrudis y la cantidad de los meses que le debía, más un pequeño excedente, por aquello del retraso.

—Luego nos ponemos a mano, no te preocupes. —Horacio tomó la hoja con los datos, le dio un ligero vistazo y se la entregó al mesero—. Ya me pagarás cuando tengas tiempo de ir al banco o con obra, me da igual. Capaz que hasta te animas a pintar la copia de *La Morisca* y te lo tomo a cuenta del adelanto.

Le sonreí y le di las gracias tratando de no mostrarme demasiado servil.

—A ver, ahora sí, cuéntame qué fue lo que pasó con el Villalpando. El que está ahorita en el museo ¿es el original o el falso?

—Es el falso —respondí, y me puse a contarle toda la historia, con lujo de detalle.

Acabamos con el café y la tarta. El mesero llevó unas copitas de licor de naranja que empinamos de un solo trago. Horacio se disculpó para ir al mostrador y recibir una llamada que parecía importante. Me quedé solo en la mesa mientras el tal Mario limpiaba los últimos vestigios del banquete. Imaginé a doña Gertrudis cuando recibiera el pago de todo lo que le debía, seguramente en cheque y de manos de un mensajero. La cara que pondría y lo que le diría a su sobrino Panchito.

Me levanté para ir al sanitario, me mojé la cara para tratar de espabilarme. Empezaba a sentirme borracho. Me miré en el espejo: el cabello y el cuello de la camisa húmedos, los ojos hinchados. Me di cuenta de que me estaba dejando llevar por la corriente de la casualidad como una hoja seca.

Horacio me esperaba junto a la puerta. Nos dirigimos a su auto, un Alfa Romeo color azul marino estacionado afuera del restaurante. El interior estaba ardiendo.

—Fácil se hubiera podido hornear un bollo aquí dentro —dijo Horacio al tiempo que movía los controles del tablero, y yo me imaginé el bollo hinchándose, metido en el portavasos. La temperatura bajó en cuanto nos pusimos en marcha. Tenía mucho sueño y fui cabeceando todo el camino, a pesar de que Horacio manejaba a exceso de velocidad, dando frenones, arrancones, pasándose todos los semáforos que podía, rebasando de forma ofensiva a los otros autos, incluidas dos o tres patrullas que no se molestaron en detenernos. Luego vería que llevaba placas diplomáticas.

Cuando llegamos a las cunetas de Avenida Acueducto, Horacio metió el acelerador a fondo. El estómago se me quería salir por la garganta en cada hondonada y eso por fin me hizo despertar. Luego nos internamos a menor velocidad entre los callejones sombreados de colinas de San Javier. Las casas eran enormes. Por cada manzana habría cuando mucho dos o tres propiedades. Todo estaba lleno de árboles y vegetación; muros altos y larguísimos, blanqueados o cubiertos por enredaderas recortadas a molde; aceras musgosas rociadas de flores de jacaranda, tabachín o buganvilla.

Horacio se detuvo frente a una de las fachadas y subió la rampa del garaje. Al lado había una entrada para peatones, custodiada por dos leones chatos de piedra oscura. Un alerón de tejas en lo alto le daba a la construcción un aire como de hacienda colonial. Horacio activó el mecanismo a distancia para que se levantara el portón. Las llantas crujieron sobre la tierra de jal y me encandiló la vista del terreno asoleado, pelón. Ahí no había nada. No era más que un baldío sembrado de moscas. Sentí un poco de miedo. Horacio explicó que la casa se hallaba del otro lado, así que dejamos el auto estacionado junto a una camioneta vieja, arrumbada detrás de un montículo de arena, y cruzamos el baldío entre abrojos y cardos espinudos de flores amarillo pálido.

Al fondo de aquel solar seco, sobre el muro de colindancia, había una puerta común y corriente, pintada de azul. El vidrio junto a la chapa estaba roto. Horacio introdujo la mano por el hueco y abrió, como si nos estuviéramos metiendo a robar. Se hizo a un lado para darme el paso y de pronto me sentí devorado por un frescor vegetal que rezumaba olor a tierra. Recorrí con la vista el panorama del jardín que se extendía pendiente abajo. Entre la abigarrada vegetación destacaban los desniveles de la casa, blanca, recortada como un signo contra el cielo de la tarde.

—Tienes una casa muy hermosa —exclamé asombrado—, y el jardín… Cuánta exuberancia, es como tener tu propia selva.

—Me alegra que te guste. El ingeniero Luis Barragán la diseñó para mi padre. Es una especie de fortaleza hecha para resguardar sus reliquias. En especial a *ella*.

Reparé en lo alto de los muros que rodeaban la casa, disimulados apenas por las tupidas frondas de los árboles.

—Esto de aquí es la bóveda —decía Horacio apoyándose en una pared que crecía conforme bajábamos la pendiente del jardín por una escalera—. Te vas a ir de espaldas cuando veas la cantidad de tesoros que hay guardados aquí, algunos incluso de mayor antigüedad que *La Morisca*.

A la derecha, una fina alfombrilla de pasto marcaba claramente el declive de la montaña. Más allá, detrás de la silueta de la casa se alcanzaba a ver el paisaje de las afueras de la ciudad, el llano apenas habitado, tierras de cultivo y cerros opacos que amarilleaban con el atardecer. Llegamos al pie de las escaleras.

—Entonces tu padre también se dedica a las antigüedades —dije solo por seguir la conversación.

—Oh, mucho más que eso. Los verdaderos coleccionistas se apasionan tanto que les da por vivir la vida de los objetos que poseen.

—¿Cómo fue que adquirieron *La Morisca*? Debe haber costado una fortuna.

Horacio se quedó en silencio mientras desactivaba el sistema de seguridad de la bóveda. Abrió la puerta de cristal y me indicó que pasara. Era una nave muy alta, techada con vigas de madera. La dividía por la mitad un grueso tapanco de roble que llegaba hasta unos metros antes de la entrada para dejar un espacio libre de doble altura, iluminado por un ventanal de piso a techo que hacía ele con la puerta de vidrio. Daba la sensación de estar dentro de un barco.

—No se trata de dinero, José. Tal vez no lo entiendes. El dinero envilece el arte. Nada de lo que hay aquí fue comprado en un bazarucho de antigüedades. Y ni una sola de las piezas de esta colección podría ponerse en venta.

Levanté la mirada. Tanto el tapanco como la parte de abajo estaban hacinados hasta el tope de piezas que tendrían que estar en algún museo y no encaramadas ahí, unas sobre otras.

—Claro, entiendo —me defendí—. Me refería a lo poco ordinario que resulta, incluso para un coleccionista, tener objetos de tanto valor aquí, lejos de su lugar de origen, en otro continente, en una ciudad como esta, un sitio donde nadie sospecharía que se encuentran.

Era difícil prestar atención a un solo objeto de entre aquel amasijo de madera vieja y oro. Como tratar de localizar a alguien en medio de una multitud. Pude distinguir una espada samurái, un sextante, una escultura de Krishna cubierta de marfil, tres momias de gato, una vitrina repleta de brújulas, relojes de arena, artefactos antiquísimos de astronomía… Me sentí mareado.

Había dos sillones junto al ventanal y fui a sentarme ahí mientras Horacio llenaba dos copas de un licor oscuro que había sacado de un secreter adaptado como cantina.

—Mi padre no era un simple coleccionista —dijo Horacio entregándome una de las copas—. Quiero decir que no solo era un magnífico traficante de arte, sino que además se involucraba en el significado de cada reliquia. Iba en busca de su historia, del porqué de su valor. Y a eso había que añadir el larguísimo trayecto que recorría el objeto hasta sus manos, las circunstancias en que se había apropiado de él, o mejor, la forma en que el objeto había decidido pertenecerle. *La Morisca,* por ejemplo. ¿Has oído hablar del barón de Sebottendorf?

Negué en silencio.

—Era el propietario de la pintura. Un famoso ocultista, muy amigo de Madame Blavatsky. Buscaban algo así como la entrada a un mundo subterráneo donde habitaba una civilización antigua que había dado origen a la nuestra. Creó una sociedad esotérica que luego Hitler retorció para fundar el Partido Nacional Socialista. Mi padre conoció al barón cuando vino a México como Cónsul Honorario de Turquía. Fue en una reunión de masones a la que lo llevó el abuelo. Él tendría apenas unos dieciséis años, pero su ímpetu por el conocimiento llamó la atención del barón y le ganó su simpatía. Tengo entendido que se escribieron varias cartas. Unos diez años después volvieron a encontrarse en Estambul. Para entonces mi padre ya tenía bastante experiencia en el mundo de las antigüedades. Lo llamaban el Sabueso Dorado. Ayudó al barón a conseguir un sinfín de manuscritos antiguos, rollos, libros raros, y el barón le compartía hallazgos y conocimientos que a nadie más revelaba, de modo que papá acabó convirtiéndose en su mejor discípulo. Hacia finales de la guerra, el barón decidió quitarse la vida. Daba información a los ingleses, engañaba a los alemanes, era perseguido por el Reich y en algún momento se vio acorralado entre los bandos. Sabía que sus conocimientos y pertenencias estaban en riesgo de caer en las manos equivocadas, así que antes de saltar a las aguas del Bósforo hizo prometer a mi padre que pondría bajo resguardo sus bienes más preciados: el cuadro de *La Morisca,* los manuscritos y las notas que había reunido durante toda su vida. Papá, fiel a su promesa, embarcó las pertenencias del barón en un carguero de la compañía Blohm & Voss con destino al Puerto de Veracruz, junto con la mercancía que le daría su prestigio como anticuario y que le llenaría los bolsillos durante décadas. Luego dejó todo para convertirse en derviche.

Arrastró las últimas palabras entre los dientes. Las había dicho más para sí mismo. Bebió de un solo trago el contenido de su copa y se quedó en silencio, con la mirada perdida detrás de mi hombro.

—¡Mira, ven! Voy a enseñarte algo.

De pronto se puso de pie y salió al jardín. Lo seguí y nos adentramos entre la maleza. Debajo de las escaleras, sobre la roca del cerro, había un nicho de metro y medio de alto, blanqueado con cal, como las capillitas que se construyen al costado de la carretera. Estaba lleno de veladoras, estampitas de santos y flores artificiales cubiertas de polvo. Al principio pensé que se trataba de una urna funeraria, pero no. Era la boca de una gruta.

—Un día, a mi padre le dio por meterse en ese agujero y nunca más lo volví a ver —dijo, y tomó una llave que estaba debajo de una piedra de molino.

—¿O sea que él está…?

—¿Vivo? Claro que no, eso fue hace mucho.

Se puso en cuclillas para abrir la reja. Sacó una de las veladoras que se había apagado, le arregló la mecha y sopló dentro del vaso para sacudirle la hojarasca. La encendió y volvió a ponerla en su sitio. Abría y cerraba con mucho cuidado, apenas para que alcanzara a pasar su mano, como si dentro hubiera un pájaro esperando el momento de escaparse.

—¿Sabes qué? Se me antojó un *absynthe*. ¡Vamos! —dijo Horacio poniéndose de pie de un salto para regresar a la bóveda—. Siempre que me acuerdo de papá me da por beber *absynthe,* a él le encantaba. Era un hombre muy sofisticado. Daba gusto verlo preparar su copa. Yo todavía era niño y me quedaba a un lado de la mesa, como lelo, viendo el hada verde danzar dentro del vaso. ¡Y el aroma! Qué delicia.

Volví a sentarme en el mismo sillón y lo vi sacar del secreter cantina varios implementos que iba poniendo sobre la mesita de centro: una botella de cristal con un pequeño grifo de bronce, dos vasos llenos hasta la mitad de un licor espeso color hoja seca, una cuchara con agujeros puesta encima de cada vaso y, sobre la cuchara, tres terrones de azúcar. Yo no podía adivinar de qué trataba toda aquella parafernalia. Cada cosa que Horacio hacía o decía me iba pareciendo más extravagante que la anterior y comenzaba a acostumbrarme a ello. Abrió el grifo para que el agua goteara sobre los terrones de azúcar y se disolvieran en la bebida.

—Observa —dijo embelesado—. El hada verde… es una mujer con alas, de cabello largo, que danza como las bailarinas de las cajitas de música, ¿la ves?

—Ah… sí, creo que sí —en realidad solo veía los hilos de alcohol que formaban espirales blanquecinas al mezclarse con el agua. Bebió un trago largo, en silencio, lo vi torcer un poco la boca y supuse que sería un licor amargo.

—Debo confesar que yo soy muy distinto a papá —dijo luego—. Él era un sabio, capaz de renunciar a todo por el conocimiento. Yo solo soy un simple mercader, un traficante sin el menor escrúpulo para ponerle precio a las cosas. Esto que ves aquí —indicó el cúmulo de objetos encimados— es algo que yo jamás alcanzaré a comprender del todo, no podría. No tengo la habilidad para una búsqueda tan profunda.

No, lo que yo quiero es mucho más simple. No sabía qué decir. Parecía honesto, me estaba compartiendo cosas muy personales y yo no tenía con qué corresponderle, mi vida no tenía esa clase de conflictos. Me dispuse a empinar mi vaso para ser solidario al menos en eso. La amargura de los primeros tragos me cerró la garganta como un alambre afilado alrededor del cuello, que poco a poco fue cediendo hasta expandirse sobre mi pecho con un peso suave y perfumado.

De pronto me llegó a la cabeza un recuerdo que hacía muchísimo tiempo no evocaba: tendría cuatro o cinco años, mi hermano y yo jugábamos en el tocador de la recámara de mi mamá y se nos ocurrió preparar un brebaje revolviendo perfume con talco y cremas. Vertimos luego el brebaje en una copa que Manuel se robó del trinchador. El olor era parecido al de la bebida que tenía ahora bajo las narices. Discutíamos mi hermano y yo sobre quién se atrevería a dar el primer trago cuando escuchamos que mi mamá se acercaba y corrimos a escondernos. La casa de enseguida estaba abandonada, así que salté la barda para esconderme allá. Mi hermano solo alcanzó a meterse en el ropero. Escuché a lo lejos los regaños de mi mamá, los chillidos de Manuel cuando le pegaban. Tenía mucho miedo. Me fui hasta el último cuarto de la casa abandonada. Dentro de un clóset había un baúl, estaba vacío. Nunca me encontrarían ahí. Me metí en el baúl y al bajar la tapa cayó la aldaba sobre la cerradura. Intenté abrir. Empujé con la espalda todo lo que pude, pero era inútil, solo se abría una pequeña rendija por la que apenas alcancé a respirar el tiempo que estuve ahí. Gritaba, pero mi propia voz rebotaba en las paredes y me aturdía. Esperé muchas horas, dormido a ratos, agitado por la desesperación, por el dolor de los músculos que se me acalambraban, por el hambre. Creí que nadie jamás iba a encontrarme, que iba a quedarme ahí para siempre, muerto, hecho calavera…

—¿Lo ves? —irrumpió Horacio—. Magia líquida. Dame tu vaso, voy a prepararte otro.

Con la primera copa yo ya estaba empalagado y cada vez más borracho. Suspiré para reunir fuerzas. No podía rehusarme.

—Lamento lo de tu papá —le dije a Horacio—. Se ve que lo querías mucho. Supongo que fue muy difícil sobrellevar la pérdida.

—Ay, no, para nada. Él trató de hacerme entender el motivo por el que se había vuelto derviche, por qué necesitaba alejarse del mundo. Pasaba largas temporadas dentro de la gruta y con el tiempo acabé por acostumbrarme. En una ocasión simplemente no volvió a salir. Yo entonces todavía era muy chico. No comprendía. Me figuraba su esqueleto con una serpiente saliéndole por la cuenca de un ojo. Algunas veces me daba por pensar que todavía estaba vivo. Tenía pesadillas y despertaba llorando en la oscuridad. Me preguntaba si estaría tieso en flor de loto o recostado sobre el suelo de la cueva, tiritando de frío o rascando las paredes con las uñas. La idea se fue disipando conforme crecí, hasta que pude olvidarme del asunto. Luego viajé durante muchos años y al volver ya no quedaba casi nada de aquella sensación. A lo mucho sería como cuando se mete un ratón y sabe uno que anda por ahí pero no puede verlo.

Yo me había quedado con el recuerdo del baúl. Me dio un escalofrío horrible de imaginarme ahí dentro, como hace veintitantos años, desesperado, rascando las paredes. Me miré discretamente las uñas. Desde entonces habían quedado deformes.

—Pero alégrate, hombre, quita esa cara. ¿Quieres escuchar algo de música?

Abrió un armario en el que se hallaba un aparato modular y un montón de cajitas planas, transparentes, apiladas en desorden. Yo nunca había visto un artefacto tan sofisticado, dudo que lo vendieran en el país, tenía que ser americano. Horacio puso en la charola del modular tres o cuatro disquitos plateados. El tañido suave de una guitarra de inmediato aligeró la atmósfera y me hizo sentir tranquilo. El cielo estaba azul cobalto. Me concentré en la música, en la serenidad de la casa, en la sonrisa de una mujer muy hermosa, de alas traslúcidas, que me miraba desde el fondo del vaso.

# 2.

A la mañana siguiente abrí los ojos entre almohadones y sábanas tersas. Sentí un peso tibio junto a mis pies y al levantar la cabeza vi un gran pájaro blanco, un pavorreal albino, que de pronto se levantó, erizó todo su plumaje y empezó a caminar sobre mi estómago. Mi cuerpo carecía de fuerzas para levantarse, estaba pasmado. El ave me puso las patas en el pecho, su cola era una imponente cortina de encaje blanco contrastada con la luz de la mañana. Me acercó el pico a la cara, de lado para mirarme con su ojo amarillo y amenazante. Estaba listo para atacar. Yo luchaba desesperado para quitarme de encima al pajarraco. Cerré los párpados con fuerza y entonces me di cuenta de que seguía dormido.

Volví a despertar entre las mismas sábanas de seda gris. El cuarto de Horacio estaba en completo silencio. No había nadie. Estaba desnudo, aunque con los calzones puestos, lo cual era un alivio si tomaba en cuenta que no podía acordarme de nada de lo que había pasado la noche anterior. Me senté en la orilla de la cama. La habitación era de un lujo discreto y calculado. «Conque así es la recámara de un anticuario rico», pensé. A pesar de la cantidad de ajenjo que había tomado no me sentía tan mal. Mi ropa se hallaba regada en el suelo. Junto a mis pies encontré un papelito doblado por la mitad: un cheque a mi nombre, por una suma muy pero muy alta.

El esfuerzo por hacer memoria me produjo un intenso dolor detrás del ojo izquierdo. Me había comprometido a falsificar el cuadro y todavía ni siquiera lo había visto. Ese cheque era solamente el anticipo. Si el cuadro pasaba por original Horacio me duplicaría esa cantidad. O al menos eso era lo que había dicho en plena borrachera. Tenía que verlo de inmediato. Traté de contener el dolor. Me vestí y salí a un pasillo muy alto. La casa estaba sumida en la quietud y yo procuraba no hacer ruido. Llevaba los pies descalzos porque no había encontrado mis zapatos. El pasillo me llevó hacia la parte frontal de la casa abierta al jardín por un ventanal enorme: la sala biblioteca, más adelante el comedor, decorado todo con un cuidado excepcional. Ningún elemento se salía de tono. El estilo de los muebles, los colores bronceados, las piezas tribales, los tapices, las alfombras.

Me dejé guiar por el ruido distante de un radio. La voz de la grabación: «Cuando escuche el tercer tono bip, será la hora exacta», que precedía el inicio del noticiario de las nueve. El pasillo se achicaba en un recodo oscuro que se me figuró parecido a las galerías estucadas de las pirámides.

Llegué a la cocina. Una mujer vestida de tehuana asaba chiles en un comal. Dos trenzas grises le caían sobre la espalda atadas con listones amarillos. Del otro lado de una barra con forma de ele se encontraba una terraza llena de vegetación. Era la misma terraza que había visto la tarde anterior a través de la ventana de la bóveda. Me daba pena hablarle a la cocinera y traté de pasar inadvertido, pero el escozor del chile asado me hizo estornudar.

—¡Jesús! —exclamó con voz hombruna y volteó de un salto—. Me vas a matar de un susto. ¿Y tú quién eres, eh?

—Perdón, buenos días —respondí cohibido—. Soy pintor. El señor Horacio me contrató para copiar un cuadro.

—Ajá… Siéntate, mijo, ¿quieres cafecito?

—Gracias.

—Gracias sí o gracias no.

—Sí, sí, por favor.

Trataba de distinguir si la tehuana era una señora con voz de hombre, o un hombre vestido de tehuana. En la terraza había un comedor de metal esmaltado color verde botella. Iba a sentarme cuando oí un chapoteo del lado del jardín. Horacio nadaba de extremo a extremo de la alberca. Me acerqué a la orilla. La superficie del agua estaba cubierta por una fina capa de vapor y las puntas de las enredaderas se mecían con las olas.

La tehuana puso encima de la barra un jarrito de café, lo tomé, soplé el interior. Me quedé un rato ahí, mirando la figura atlética y blanca de Horacio, contrastada con el azul marino de los mosaicos. Después de varias vueltas Horacio finalmente salió del agua, se cubrió con una bata de felpa y se dirigió a la cocina sin voltear a verme.

—Tona, sírvenos el desayuno y dile al Gordo que venga. ¿Ya conociste a José? Va a estar trabajando en la casa, así que quiero que lo trates como si fuera de la familia, eh.

—Claro que sí, joven. Ya sabe, yo a todos sus invitados se los trato chulito —la tehuana me miraba con una sonrisa maliciosa desde el otro lado de la barra. Ya no me quedaba duda de que era un hombre vestido con el traje tradicional de las mujeres de Oaxaca: huipil y falda de terciopelo negro bordado con flores amarillas y enagua de encaje asomando por los pies. Me producía una extraña sensación de amenaza, como que podía agredirme en cualquier momento, siempre que fuera a espaldas de su patrón.

—A ver, ven —me dijo Horacio—, vamos a la capilla a que veas el cuadro.

Dejé el café sobre la mesa y lo seguí hacia el fondo de la terraza. El muro de colindancia formaba una escuadra con otro muro, todavía más alto, de piedra. Era tanta la humedad aprisionada en esa esquina, que crecían pequeños helechos silvestres entre las junturas de las piedras.

Horacio abrió el cerrojo de una puerta pesada y estrecha. La madera estaba hinchada y los goznes habían cedido al peso. Horacio forcejeó con la cerradura y golpeó con el hombro hasta dejar una ranura suficiente para deslizar su cuerpo de lado. Entré yo también. Estaba oscuro. Un eco profundo de caverna indicaba que el lugar debía estar prácticamente vacío. Tanteé las paredes en busca del interruptor. Olía a cebo y a salitre. El frío del suelo me entraba por los pies.

—No encuentro el apagador —le dije a Horacio.

—Aquí no hay instalación eléctrica. Ahorita le decimos al Gordo que abra las celosías.

Me llegaba su voz desde el rincón más alejado. Escuché el chasquido de un encendedor. Horacio prendió la mecha de un cirio del grosor de un tronco y con la flama se dibujaron las dimensiones del recinto: una caja larga, como de veinte metros de profundidad por seis de altura y seis de ancho. Empotrado sobre la pared del fondo había un retablo estofado, de talla relativamente simple. Horacio prendió dos cirios más. Las flamas iluminaron lo suficiente para distinguir con toda claridad el portento que tenía frente a mis ojos: *La Morisca*.

La tabla estaba encajada como a metro y medio del piso. Me fui acercando a ella, cada vez más asombrado de la belleza de su composición, hasta quedar con la cara casi pegada a la superficie. Era imponente. Dos metros de ancho por tres de alto. Los colores iluminados por la luz de los cirios cobraban un peso y una profundidad que me oprimían el pecho. Sentí como si fuera la primera vez que veía una verdadera pintura, como si nunca antes hubiera observado algo así de bello. Habían pasado tantos años desde que trabajaba con mi maestro, que me había olvidado de la sensación de estar frente a frente con una obra tan antigua, sin luces de museo, sin una línea que me impidiera aproximarme y tocar las craqueladuras, oler la vejez de los materiales, adivinar las pinceladas debajo de las veladuras y la pátina. Era como traspasar la impostura de la sacralidad para entrar en el cuadro y apropiarme de él, de todo el genio que había detrás de la imagen y que funcionaba como un mecanismo de precisión; el engranaje de un reloj que llevara cientos de años oculto, sin detenerse.

—*Joven, no mire demasiado esa tela, pues caería en la desesperación* —dijo Horacio, haciéndome volver del embeleso.

—¿Eh?

—Así le dice un personaje de Balzac a un muchacho que miraba una pieza, precisamente de Mabuse. *El Adán,* ¿lo conoces?

Negué confundido, no sabía si me hablaba de un libro o de un cuadro o de qué.

—Claro que como tú tienes que copiarlo no te queda más remedio que caer en la desesperación —dijo, y se rio. Horacio se había sentado en un tosco mueble de madera, parecido a los que usaban los monjes de la Edad Media para copiar manuscritos.

—¿Gossaert Mabuse? ¿No es el que pintó una virgen con un niño que lleva en la mano una manzanita?

—Ese mismo. ¡Lo conoces!

—Sí, está en el Museo del Prado —mentí, no lo conocía, lo había visto en un libro y recordé que la ficha decía que se encontraba allí. Lo cierto es que me llamó tanto la atención que lo recordaba después de quién sabe cuánto tiempo.

—Durero decía que Gossaert Mabuse no era más que un simple artesano con buenas intenciones —dijo Horacio subiendo los pies a la tabla de escritura—. Engreído. Nunca entendieron que su verdadero genio consistía en crear el error, la mancha incidental, capaz de provocar mucho mayor inquietud que el torpe naturalismo de los pintores flamencos o los jueguitos de símbolos ocultos y tarugadas por el estilo que tanto le comieron el seso al mismo Durero. Pero como te decía, solo es atribuida. No hay ninguna firma o prueba fehaciente de que el autor haya sido Mabuse, además de lo inconfundible del trazo y que coinciden los tiempos, las referencias geográficas... Pero la verdad es que pudo haber sido cualquier otro pintor de la época.

Me alejé un poco para apreciar el conjunto. Horacio se quedó en silencio y volví a caer en el estupor del cuadro. En el primer plano estaba la mujer, vestida con un ropón azul de abundantes drapeados, salteado de piedras brillantes como constelaciones de estrellas, los vuelos rematados en filigrana de oro. A diferencia de la mayoría de los cuadros del Renacimiento, los rasgos de *La Morisca* se alejaban mucho del ideal europeo: tez bronceada, cejas abundantes, ojos grandes y ligeramente rasgados, labios gruesos y cabello oscuro. Sentada de tres cuartos, la mujer miraba de frente al espectador sosteniendo entre las manos, sobre el punto áureo del cuadro, una esfera perlada, opaca, que parecía no tener peso. Detrás de la mujer se hallaban las ruinas de una construcción clásica, columnas y capiteles invadidos por la maleza. En un tercer plano detrás de las ruinas estaba el paisaje, iluminado por el sol que se filtraba entre las copas de los árboles. De pronto sentí una respiración clavada en mi nuca que aspiraba con fuerza y di un salto para alejarme de Horacio.

—¿Y quién era *La Morisca?* —pregunté nervioso.

—¿Te refieres a la mujer? —dijo esbozando una sonrisita cínica—. Por lo que sé, no es una persona en especial. Debe ser algo así como la representación simbólica de un concepto, como la escultura de la Justicia. Claro que no es la justicia, ni la libertad ni nada de eso, es mucho más complicado. Yo nunca entendí de qué se trataba todo ese asunto. Papá me daba algunas explicaciones vagas, pero recuerdo poco.

El nombre de la pintura tampoco está documentado. Desde que me acuerdo, papá la llamaba así, pero es solo un modo de referirnos a ella… Ahora que si quieres averiguarlo, basta con que te pongas a estudiar todo esto —señaló la enorme estantería detrás de él donde se guardaban cantidad de pergaminos enrollados y volúmenes encuadernados en piel, detrás de una cerrada malla metálica—, solo necesitas saber húngaro, alemán antiguo, latín, griego…

Yo estaba cada vez más intrigado, aunque las preguntas no acababan de tomar forma en mi cabeza. Fui a sentarme en un banco largo, pegado contra el muro, y me preguntaba qué contendrían todos esos papeles viejos, qué relación tendrían con *La Morisca*. Volví a mirar el cuadro desde ese ángulo. Iba a ser un trabajo colosal, nunca antes había intentado hacer algo así.

—Vamos, tienes mucho tiempo para mirarla todo lo que quieras. Te dejo la llave. Cierra siempre cuando salgas, no debe entrar nadie más, ¿entendido?

Afuera, en la terraza, el sol se colaba entre las guías de buganvilla y pasiflora. Entrecerré los ojos encandilado por la luz. Nos sentamos a la mesa y Tona sirvió a cada quien un plato grande de chilaquiles con pollo. Puso en medio una canasta de pan, la jarra del café y unas salchichas asadas que despedían un olor exquisito. Traté de comer con la mayor decencia posible, usando correctamente los cubiertos, masticando despacio y con bocados pequeños, a pesar de que tenía mucha hambre. Me sentía ridículo, pero Horacio parecía tener una delicadeza innata para eso de los modales y no quería quedar mal frente a él. En mi cabeza comenzaban a hervir los planes para la falsificación.

—¿Cómo la viste? ¿Crees que podrá estar de aquí a tres meses?

—¡¿Cuánto?! —exclamé alarmadísimo.

—Bueno, dos meses y medio sería lo mejor, no puedo arriesgarme a que algo saliera mal. Ya tengo arreglados los permisos de las aduanas, la cita con los herederos y con los abogados.

—No, Horacio, es muy poco tiempo. Un trabajo así requiere muchos cuidados. Hay que fabricar los pigmentos, envejecer cada veladura, igualar los detalles…

—Pero si tú mismo dijiste ayer que podías hacerlo sin problema.

Maldije para mis adentros. Me había puesto tan borracho que no recordaba haber dicho nada de eso.

—La reproducción de la pieza, sí —alegué—. Pero no se trata de una reproducción, hay que falsificar la tabla, injertar cultivos y polillas donde sea necesario, someterla a un tratamiento con químicos que igualen la oxidación de las fibras…

—Olvídate de eso. Lo haremos a la *chaudroné, mon chéri*.

—¿A la qué?

—A la manera de Chaudrón, el falsificador de la *Mona Lisa*. Utilizaremos una tabla de la época. No sabes lo difícil que fue conseguir una tabla de álamo de ese tamaño.

—Ah, bueno —dije con cierto alivio—, eso facilita mucho las cosas. Sobre todo nos ahorra tiempo. Pero falta ver qué hay de los herederos. ¿Qué tipo de pruebas de autenticidad irán a hacer? ¿Tienes idea?

—Descuida. Fui yo quien les propuso la reposición del cuadro a cambio de un pequeño favor. Confían en que es un acto de buena fe. Conque pase el reconocimiento visual será suficiente. Mientras no despierte sospechas estoy seguro de que no harán ningún tipo de prueba de laboratorio.

—No sé, Horacio, de todas maneras lo veo muy difícil.

—¿Me vas a salir ahora con que te retractas? —Soltó los cubiertos sobre la porcelana—. Yo ya hice un compromiso y tengo que cumplirlo. Solo falta que me digas que no te sientes capaz o una tontería de esas. Espero que entiendas que es demasiado lo que está puesto en juego, José.

—Es por eso mismo que no quiero quedarte mal. No estoy diciendo que sea imposible, solo que sí llevará demasiado trabajo, y eso significa tiempo.

—¡Ay, por favor!, con el adelanto que te di se puede hacer hasta lo imposible. Ya tú verás de dónde sacas el tiempo.

Sentí que se me encendía el estómago. Estuve a punto de responderle: «No es cuestión de dinero, el dinero envilece el arte», como me había dicho él la tarde anterior. Pero me quedé callado. No tenía alternativa. Él me había sacado del apuro y me sentía obligado a corresponder.

—Está bien. No te preocupes —le dije con tono muy serio—. Yo voy a ver cómo le hago, pero la termino en tres meses. Así tenga que darle mañana, tarde y noche, sale porque sale.

—¡Esa voz me agrada! Cuenta con todo lo que necesites. ¡Gordo! —llamó a un hombre que estaba a la orilla de la alberca. Inclinado a gatas, el hombre sacaba con la mano la hojarasca atorada en el filtro. Se levantó y se acercó a la mesa. Vestía un overol caqui que le quedaba apretado en la barriga y zancón en los pies. Llevaba unas botas industriales manchadas de lodo.

—Hay que limpiar bien el taller. José va a estar trabajando ahí —Horacio me señaló con un gesto de la cabeza—. Ayúdale con todo lo que necesite, por favor. Al rato te subes y abres las celosías de la capilla.

El Gordo asintió sin despegar la mirada del piso. Dio media vuelta y regresó a recoger las cosas que había estado usando para limpiar la alberca. Horacio empujó su plato al centro de la mesa, tomó una empanada de piña, la partió y le dio un mordisco en el centro antes de abandonarla de nuevo en la canasta.

—Tengo que salir y llevo algo de prisa —dijo con la boca llena de pan—. Voy a cambiarme. Mientras, dale un vistazo al taller. En la noche vemos lo que haga falta.

Se levantó y se fue. Una cachorrita aterrizó en la mesa y se puso a picotear las migajas.

El taller estaba al fondo, separado de la casa por una brecha de pasto como de diez metros. Era una especie de cabaña, con la parte frontal toda de vidrio, de cara al jardín, sombreada por una solera de tejas y la copa de un pirul de tronco retorcido. Junto a la puerta encontré mis zapatos, con los calcetines hechos bolita dentro.

Por lo visto habían tomado aquel lugar como cuarto de los tiliches. Estaba lleno de cajas, aparatos inservibles, ropa vieja. El Gordo sacudía los objetos que iba apilando en un rincón y en un costal echaba la basura. En medio, recargada contra el muro se hallaba lo que debía ser la tabla para la falsificación, cubierta por una lona de plástico azul. A un lado había una mesa grande y varios anaqueles repletos de botes de pintura, material caduco, pinceles tiesos, estopa y herramientas de todo tipo.

Del lado derecho de la estancia había una puerta, pensé que sería un armario, pero al abrirla descubrí que se trataba de una pequeña habitación. Aunque austera en comparación con los lujos y dimensiones de la casa, tenía lo indispensable: baño con tina y una buena cama, mucho más de lo que había en el mísero departamento donde vivía. Me alegró en especial que el baño tuviera tina. Una tina blanca, con patas y grifo de bronce. Siempre había querido tener una tina de esas y remojarme durante horas en agua caliente. Una simpática ventanita de madera le permitía a uno contemplar el jardín mientras se bañaba. Pensé en pedirle a Horacio que de vez en cuando me permitiera usar ese cuarto para no tener que estar yendo a mi casa y así poder terminar a tiempo la falsificación. Seguro que a él no le importaría.

El lugar era perfecto, aunque pedía a gritos que lo rescataran de la suciedad y el abandono. Empecé por despejar la mesa y los anaqueles. Acomodé las herramientas y algunas cosas que todavía servían. Llené dos costales con papeles viejos, trapos, botes de cerveza, tubos de pintura seca, e infinidad de cachivaches, al tiempo que iba haciendo una lista del material que tendría que conseguir para la falsificación.

Me dispuse luego a limpiar la recámara, para lo cual pedí al Gordo una cubeta, un estropajo, Pinol, pero él parecía no entender lo que le decía. Se quedaba como ido, con las pupilas inquietas, mirando hacia un lado o clavadas en el suelo. Creí que padecía algún tipo de trastorno mental. Intenté explicarle por señas, pero el resultado fue el mismo. Me di por vencido. Después le diría a la tehuana. Seguí revisando los botes de solvente, los tubos de pintura vieja, y cuando menos pensé, el Gordo ya había llevado las cosas que le había pedido y estaba lavando el baño. Trapeó el piso, cambió las sábanas, sacó todo lo que no servía. Dejó el lugar pulcro y confortable como un cuarto de hotel.

A mediodía la Tona llevó una charola con guacamole, bistecs, salsa, tortillas y una jarra de limonada. La dejó sobre la mesa que yo acababa de limpiar y salió sin decir nada más que «aquí le dejo su itacate, provechito». El Gordo fue tras ella. Al verlos juntos me di cuenta de lo mucho que se parecían: rasgos faciales, complexión. Supuse que serían hermanos gemelos, la Tona encubierta por el maquillaje y el traje de tehuana, el Gordo vestido como prisionero, incapaz de hacer contacto visual. Como si fueran dos versiones radicalmente distintas de la misma persona.

Me bebí de un solo tirón la limonada y volví a llenar el vaso. Mi cabeza era un enjambre de planes y cosas por hacer para terminar la copia en el tiempo convenido. Tres meses era demasiado pronto, incluso cuando pintaría sobre una tabla original. De otro modo hubiera sido imposible. Podían pasar meses antes de igualar las polillas y las torceduras. Además ocurría casi siempre que los pandeos y las grietas daban resultados imprevistos y había que comenzar todo de nuevo. Mientras comía miraba con resquemor la lona azul. Hasta ese momento me había hecho tonto y no había querido ver el cuadro que iba a tener que borrar.

Jalé la tela para que cayera al piso y me quedé frío. No era una tabla del siglo xvi, sino del siglo xv. De eso yo podía estar seguro. Alguien, hacía quinientos años, había representado una figura humana (David antes de ser rey: un pastor con su báculo seguido de una oveja, con su alforja cargada de piedras para disparar a los lobos que acecharan a su rebaño). Alguien había usado colores y técnicas de pintura para crear una imagen partiendo de la perspectiva que el hombre tenía entonces, sin televisión, sin abstraccionismo, sin Renacimiento.

Pero no solo caía en la cuenta de lo que significaba borrar un cuadro de incalculable valor histórico. Entre los huecos blancos de las craqueladuras y lo quemado de la pátina había adivinado desde el primer momento que se trataba nada menos que de *ese* cuadro: el Berruguete que veinte años atrás había formado parte de una exposición en el Museo de Bellas Artes. Don Lorenzo, mi maestro, se había tomado la molestia de llevarme al Distrito Federal para concederme una detallada cátedra acerca de la pintura renacentista. Había tomado justo esa tabla como ejemplo del «descubrimiento» del volumen, del paso de la Escuela Flamenca al Renacimiento.

Días después, de regreso en Tepotzotlán, nos llegó la noticia de que el cuadro había sido robado de las bodegas del museo y que se investigaba su paradero. Durante meses don Lorenzo lamentó muchísimo el suceso y siguió la noticia como si se tratara del secuestro de un familiar cercano. Recortaba las notas que tenían que ver con el tema y las pegaba en un corcho junto con otros papeles importantes. La fotografía de la pintura que el diario publicó para denunciar el robo, impresa en blanco y negro, se parecía más al cuadro que el deteriorado vestigio que tenía ahora frente a mí.

Tapé de nuevo la pintura, igual que años atrás había tapado con una cobija la cara de marfil de don Lorenzo cuando lo encontré tirado boca arriba a mitad del taller. Los ojos se me hicieron agua. Borrar esa pintura sería como borrar una parte de la memoria que tenía de él. Aunque, a decir verdad, tanto en la memoria como en el cuadro, el tiempo ya había hecho lo suyo y lo que quedaba no era más que una ruina.

En un clavo junto a la tabla había colgado mis llaves; tenían como llavero una serpiente de metal enroscada sobre sí misma que había pertenecido a don Lorenzo. Aquella serpiente era para mí una especie de un amuleto, una silenciosa señal de su presencia.

Horacio volvió como a eso de las seis de la tarde. Llevaba una botella de champaña y dos copas.

—No cabe duda de que le hiciste justicia a este lugar

—dijo complacido, mirando hacia todas partes. Luego fue a sentarse.

Yo había acondicionado una pequeña sala junto al ventanal. Arrimé un par de sillones Miguelito que encontré arrumbados, y una mesa chaparra de patas torneadas en el centro. El lugar se sentía de lo más agradable. El piso de losetas de barro recién trapeado expedía un humor terroso y fresco. Comenzaba a caer la tarde. La única luz que había dejado encendida era una lámpara de arquitecto que saqué de alguna de las cajas y que había atornillado en la orilla de la mesa de trabajo.

Horacio destapó la botella y sirvió las copas.

—Bienvenido —dijo a manera de brindis. Se levantó y se puso a inspeccionar el nuevo acomodo de los anaqueles—. Como te habrás dado cuenta, aquí pintaba mi padre. Dicen que era bueno, aunque nomás lo hacía como pasatiempo. Quién sabe dónde quedarían sus cuadros.

—Bah, me hubiera gustado ver algo de lo que pintaba —dije como para seguirle la corriente porque me sentía exhausto.

—¿Arreglaron también el cuarto? —preguntó, y fue a asomarse por la puerta abierta.

—Sí, el Gordo limpió también esa parte.

—Qué bueno. Te puedes quedar a dormir aquí, si quieres. Estás en tu casa, hombre, tú acomódate a tus anchas.

Se detuvo y me miró de la cabeza a los pies.

—Vente, tráete la botella. A los dos nos hace buena falta un baño.

Entramos a su cuarto por el jardín. Lo seguí hasta un vestidor donde él empezó a desnudarse sin el menor recato. Yo me hice el tonto, mirando los anaqueles de madera barnizada repletos de ropa fina. Tenía más de treinta pares de zapatos en perfecto orden. Corbatas de todos los colores.

—Desvístete, acá te espero. Toma, si quieres ponte esto. Tomé el traje de baño que Horacio me ofrecía al tiempo que me quitaba de la mano la botella de champaña. Entró por una puerta al fondo del vestidor. Pude ver a través de la rendija de la puerta un tocador lleno de botellitas de perfume. Apoyé la copa en una repisa para quitarme la ropa que dejé regada en el piso junto a la de Horacio. El traje de baño me quedaba apretado.

Dentro, el vapor suavizaba la atmósfera. Era una habitación amplia forrada de mármol con algunos remates de bronce y madera bruñida. Horacio templaba el agua y le añadía sales. Lo vi de lleno, sin la toalla, y bajé la mirada. Me producía más la sensación de estar frente a una mujer que con un treintañero sofisticado.

Sobre una plataforma de metro y medio de alto había dos tinas, una más grande que la otra. En la más grande, un par de máscaras de león escupían agua hirviendo. La segunda, rodeada de plantas, estaba llena de agua helada, con piedras de río en el fondo. En medio, entre las dos tinas, había un diván esculpido en mármol. La piedra simulaba el relleno mullido del tapiz y los vuelos de tela.

Horacio se lavó previamente en una regadera que había junto a la plataforma. Luego que terminó yo hice lo mismo. Me tallé bien el sudor y la mugre con jabón para no ensuciar el agua de la tina. Entramos poco a poco. Estaba demasiado caliente, pero era muy grato sentir cómo se iban distendiendo los músculos y los nervios. Nos quedamos sumergidos ahí, en silencio, sin movernos, mientras escuchaba el eco vidrioso de una gota que caía cada dos o tres segundos y miraba alelado hacia arriba una cúpula de filigranas mudéjar, como las de la Alhambra, que daba la sensación de entrar en un túnel sin fin.

Horacio de pronto salió del agua y dijo que era el momento de hacer el primer cambio. Se sentó en el diván y luego se sumergió unos segundos en la tina de agua fría. No me atraía lo más mínimo la idea de seguirlo, pero aquel método debía de servir para algo, así que me dispuse a intentarlo. Él mientras tanto bajó de la plataforma y fue a sacar de alguna parte una charola con dátiles, aceitunas, cuadritos de queso y membrillo.

Entré a la tina de agua fría y no pude contener un gemido cobarde que a Horacio le causó gracia.

—No me digas que nunca habías estado en un hammán.

Respondí con la cabeza que no, tiritando, y de inmediato fui a meterme otra vez en el agua caliente.

—Uy, no te imaginas los milagros que hace el contraste de temperatura. Mira, ven —esparció un poco de agua caliente sobre el diván de mármol—. Acuéstate boca abajo.

Lo obedecí y me acomodé lo mejor que pude. Horacio se frotó las manos con una loción aceitosa de olor penetrante y comenzó a amasar los músculos de mi espalda con movimientos ligeros y acompasados como las olas de una laguna. Ya me estaba quedando dormido cuando me dio unas palmaditas en la lonja derecha.

—Listo. Ahora sigo yo. Con cuidado, eh. Nada de tronar huesos.

Accedí a masajear las costillas frágiles de Horacio. Deslicé las manos llenas de aceite sobre su piel jaspeada de pecas y lunares rojos. Temía lastimarlo y apenas si lo tocaba. Trataba de mostrarme distante, impersonal. Sin embargo, al poco rato escuché que su respiración se volvía cada vez más pesada y empecé a ponerme nervioso. Como por descuido, Horacio dejó caer una mano dentro del agua y me rozó la entrepierna. Yo salté hacia atrás como si hubiera visto una serpiente venenosa debajo del agua. Caí de sopetón formando una ola que se derramó por afuera del borde y la botella de champaña fue a dar al fondo de la tina. Horacio, divertido con su chiste, soltó una tremenda carcajada y se rodó para caer en el agua fría. Salió rozagante. Mientras tanto yo estaba arrinconado en el otro extremo, con cara de turbación. Saqué la botella, llena de agua revuelta con champaña, y la dejé en el borde. Él sirvió dos copas de coñac y puso una cerca de mi mano, pero yo ya no quería tomar, un mecanismo automático me impedía bajar la guardia. Levantó la botella de champaña como si fuera a leer la etiqueta, sonrió.

—Perdona, fue un accidente —dije sin muchas ganas de disculparme.

—Oh, no te preocupes, para eso es —le dio vuelta y la derramó desde lo alto en el agua de la tina. Dio un trago a su copa y se recostó plácidamente en el diván de mármol.

—Me voy de viaje. Tal vez un mes o dos. No tendría por qué contarte, pero pienso que tal vez te puede interesar. Hay un fabricante de antigüedades en Pekín que me ofrece acciones en su compañía a cambio de que le ayude a resolver la entrada de sus mercancías a Europa. Si después de terminar la falsificación de *La Morisca* quieres buscar suerte del otro lado del mundo, podría recomendarte con él. Estoy seguro de que te contrataría a ojos cerrados con una paga que no recibirías aquí ni en mil años. Una vez que abramos la ruta el negocio se va a disparar como no tienes idea.

—Tienes resuelto el convenio con las aduanas —dije tratando de disimular el entusiasmo que me causaba la idea de viajar a China.

—Sí, bueno, esa es la otra parte que también te involucra. Verás: la ruta más rápida es por mar, naturalmente. Surcar el océano Índico, atravesar el Canal de Suez para desembarcar en Italia. Como te imaginarás, la aduana ahí es terriblemente estricta. Piden una cantidad imposible de licencias, certificados…

—Ajá…

—Durante mucho tiempo estuve estudiando la manera de entrar, entablé relaciones con directivos de diferentes puertos hasta que por pura casualidad, en una charla de salón, me enteré de que la esposa del *ministero degli affari esteri* era nada más y nada menos que… ¿No adivinas?

—No, ni idea.

—¡La nieta del barón! ¡Del mismísimo Rudolf Von Sebbotendorf! ¡Imagínate! Como si fuera el destino quien lo hubiera concertado todo. La mujer está obsesionada con recuperar el patrimonio de su abuelo, por lo que no tardé en encontrar la manera de coincidir con ella. La encontré en la subasta de Semenzato, pujé un par de veces para que se percatara de mi presencia y luego le cedí la oferta. Cuando la subasta terminó, me acerqué para felicitarla y brindar. No fue difícil sacar a colación el tema de los cuadros extraviados en la posguerra. Me habló de la colección de su abuelo. Yo me hice el sorprendido y le dije que sabía de «alguien» que tenía en su colección una rara tabla del siglo XVI de tales y tales características, le dije que había escuchado que provenía de Estambul, que había pertenecido al hijo adoptivo de un noble. Ella de inmediato supo que se trataba de *La Morisca*. Dado que por «ética» no podía revelar el nombre del supuesto propietario, me mostré en la mejor disposición para intermediar en las negociaciones y la entrega de la pieza. Nos hicimos muy buenos amigos, le conté de mi situación y las necesidades del negocio que estaba por emprender con mi socio chino, de modo que no le quedó más remedio que ofrecerme en correspondencia la ayuda de su marido, con quien ahora también llevo una excelente relación, por cierto. La verdad es casi imposible no enamorarse de gente tan afable y tan cortés como ellos. Finísimas personas.

Escuchaba a Horacio y lo veía llenar su copa vez tras vez, mientras que yo nada más mojaba la punta de la lengua en el licor. Se puso tan borracho como la noche anterior o más. Le dio por ponerse a decir que no quería ser un júnior. Insistía, necio, en que quería ser alguien por sí mismo, que prefería renunciar a todo antes que depender del prestigio de su padre y cosas por el estilo.

El agua se entibió y comenzó a darme frío. Salí de la tina y me puse una bata que encontré entre las toallas limpias apiladas en un estante. Llevé también a Horacio una bata de seda que estaba colgada detrás de la puerta y le ayudé a que se la pusiera. Para entonces ya no podía sostenerse y las cosas que balbuceaba no tenían sentido. Lo arrastré hasta el sillón de su cuarto, donde se hizo bolita y se quedó dormido.

Yo en cambio me sentía más espabilado que nunca, el baño me había levantado el ánimo y había hecho que me diera mucha hambre. Me despaché en un dos por tres la charola de quesos y dátiles. Encontré en el frigobar una lata de paté que me comí con galletas Ritz mientras curioseaba en la recámara de Horacio. Olí las botellitas de perfume, me pasé por la melena su cepillo de plata, intenté leer las etiquetas de productos importados escritas en ruso, alemán y japonés. Me preguntaba cómo un hombre, por afeminado que fuera, podía tener tantos artículos de belleza, cremas y cosméticos.

Pensé que debía irme a dormir a la recámara del taller. Vi que Horacio tiritaba abrazado de un cojín. No quise despertarlo para que se fuera a la cama así que jalé el cobertor y se lo eché encima. Busqué algo para leer en lo que me daba sueño y en eso estaba cuando reconocí la carpeta de cuero que Horacio llevaba esa tarde, recostada sobre los cantos de los libros. Sin pensarlo mucho, la abrí. Tal vez quería comprobar que Horacio era quien decía ser, que algo de aquella sarta de disparates que me había contado era verdad.

Ahí estaba el boleto de avión de Guadalajara a Los Ángeles y de Los Ángeles a Beijing, acompañado de un folleto con información para tomar unas vacaciones de lujo en Tailandia, con anotaciones en tinta azul. El pasaporte, encajado en una pestaña, en la tapa opuesta de la carpeta, decía que su nombre completo era Raúl Horacio Romero Lomelí, y que tenía treinta y ocho años. La libreta de tapas verdes estaba blandita por el uso y repleta de sellos de diferentes nacionalidades. Había también un sobre de manila doblado por la mitad, lleno de dinero y acompañado de una nota en letra manuscrita. Entre los garabatos incomprensibles encontré escrito mi nombre.

# 3.

Me quedé hasta muy tarde hojeando un libro de arquitectura mudéjar, todavía con la grata sensación del baño en el cuerpo. Por la mañana me desperté cuando el sol ya estaba alto. Recordé que Horacio se iba de viaje y salí apurado para ver si lo alcanzaba. Me anudé el lazo de la bata de felpa mientras cruzaba el jardín y me asomé a su recámara por la puerta corrediza de vidrio. Aquello, más que desorden, parecía saqueo. Por lo visto él ya se había ido y para arreglar el equipaje a última hora había aventado cuanta cosa encontró a su paso. Había cajones volcados sobre el piso, ropa regada por todas partes. La carpeta de cuero estaba abierta, vacía sobre el escritorio.

Encontré uno de mis zapatos debajo de la cama y otro junto a la puerta del clóset. Me los puse así, sin calcetines. Busqué mi ropa donde la había dejado, pero ya no estaba. Un golpe de angustia hizo que toda la sangre se me fuera a los pies. «No puede ser», pensé, había olvidado el cheque en la bolsa de la camisa. Alarmado fui hasta la cocina. La Tona no estaba ahí. Escuché el ritmo de una máquina del otro lado de la alacena y supuse lo peor. Al oír mis pasos la Tona bajó del cuarto de servicio por una escalerita de caracol y me encontró parado frente a la lavadora.

—Hey, hey, ¿qué se te perdió?

—Mi camisa. Una camisa de cuadros que dejé en el cuarto de Horacio, ¿no la vio?

—Allá en tu cuarto hay ropa limpia para que te pongas. A poco crees que iba dejar que anduvieras toda la vida con esas mismas garras apestosas.

—Es que en la bolsa de mi camisa estaba el cheque de mi pago, lo tuvo que haber visto. ¿No lo sacó?

—¿Cuál cheque?, yo no vi nada —se adelantó para hacerme a un lado, pero antes de que pudiera impedirlo abrí la lavadora y el ciclo se detuvo. Busqué la camisa en el agua. La saqué escurriendo y extraje de la bolsa el mazacote de papel mojado.

—Aquí está, ¿ve? ¡Este era el cheque! —dije tratando de contener el enojo. Arrojé al piso la plasta de papel.

—Ah, no, yo no sé nada. Ni que tuviera que andar revisando los calzones de todo mundo, ora peor.

—Pero si yo no le pedí que lavara mi ropa, usted la tomó sin permiso. Este era el pago del encargo que tengo que hacer para el señor Horacio. Y ahora cómo se supone que voy a trabajar…

—¿Y qué quieres que haga? Yo no tengo la culpa de que anden dejando sus mugres ahí regadas por la prisa de ir a hacer sus cosas.

Aventé la camisa al agua, cerré de golpe la tapa de la lavadora y salí hecho una furia. Fui al taller y traté de aplacar el enojo, pero lo único que quería era largarme lo antes posible. Tenía una brasa en el estómago. Necesitaba vestirme y salir. Encontré sobre la silla de la recámara una pila de ropa limpia. Me enfundé unos pantalones tiesos y una camiseta de algodón. Estaba ofuscadísimo. Atravesé el jardín y el terreno baldío, dando grandes zancadas, sin detenerme.

Una vez en la calle, tuve la sensación de haber olvidado algo y me toqué los bolsillos. Pero qué podía haber olvidado, si no tenía nada. Lo único que tenía eran las llaves, que sin darme cuenta había tomado antes de salir.

Como no llevaba una sola moneda, tuve que caminar el largo trayecto de Colinas de San Javier hasta mi casa. El sol me chamuscaba la piel y derretía la suela de mis zapatos. Maldita tehuana. A esas alturas podría estar en el banco, respirando aire acondicionado y recibiendo el trato preferencial de un ejecutivo de traje y corbata. Hubiera salido de ahí con el fajo de billetes apretado en la pretina y hubiera tomado un taxi para ir a sacar mi camioneta del corralón. En cambio ahora caminaba de subida por todo Avenida Revolución, y para colmo sin desayunar.

No obstante, la caminada ayudó a que se me calmara un poco la rabia. Debía llegar a mi casa, avisarle a doña Gertrudis de que estaría fuera algunos días, recoger algo de material y volver a la casa de Horacio. Iba a tener que pedirle a doña Gertrudis que me prestara una moneda para el camión de regreso. Me daba pena, pero no podía rechazarme ese pequeño favor luego de que le había pagado puntual lo que le debía, más un mes extra en compensación.

Luego de pensarlo bien me di cuenta de que había sido muy infantil al enojarme tanto por lo del cheque. La Tona solo estaba haciendo su trabajo, y lo que pensara de mí no tenía la menor importancia. Ya hablaría con Horacio para que me repusiera el cheque o encontrara la manera de pagarme el adelanto. Mi camioneta iba a tener que esperar. Desde antes de llegar a mi casa supe que algo andaba mal. Se transparentaban unas cortinas floreadas a través de los cristales. Yo nunca puse cortinas. Sobre el vidrio de la puerta había un letrero de este hogar es católico y la llave no entraba en la cerradura. Fui hasta el fondo de la vecindad, subí apurado las escaleras mohosas y toqué en casa de doña Gertrudis. Abrió su nieta, vestida todavía de uniforme, y le pregunté por su abuelita. El tufo de mugre y ajo me produjo náuseas. La niña volteó hacia adentro y respondió de forma automática que no estaba. Le pregunté a qué hora regresaría y ella volvió a mirar dentro. Dijo que no sabía. Estuve a punto de soltarle una serie de improperios a la chiquilla por taimada y mentirosa, pero me contuve. Tenía muchas ganas de vomitar. Apenas alcancé a bajar las escaleras cuando no aguanté más y tuve que agacharme sobre unas macetas de malva para escupir un hilo de saliva amarga.

Al incorporarme vi que a mis espaldas, en el umbral oscuro de una puerta, estaba recargado nada menos que Panchito. Sonreía cruzado de brazos.

—¿Qué haces aquí, pendejo? —preguntó sin dejar de sonreír.

—¡Ese es mi sofá! —Señalé a sus espaldas.

—¿Cuál sofá? Aquí nada es tuyo.

El mastodonte me sujetó por la nuca y me jaloneó violentamente hacia la salida sin hacer mayor esfuerzo, como si yo no fuera más que un gato flaco. Me lanzó por los aires y fui a dar contra el suelo con todos los huesos de la espalda.

—Como te vuelvas a aparecer por aquí te parto tu madre. ¿Oíste? —Remató con una patada en el estómago que me alejó del portón. Me revolví sofocado sobre la banqueta. Una mujer gorda salió del que antes era mi departamento.

—¿Qué pasó, Pancho?

—¡Tú no te metas! ¡Cierra esa puerta! —gritó el otro, como si estuviera a punto de golpearla a ella también.

Tanteé el suelo para apoyarme.

—¡Ni a treinta metros a la redonda te quiero ver! ¡¿Oíste?!

Asentí con la cabeza. Se dio la vuelta y lo vi subir a la casa de su tía. Me alejé unos pasos sosteniéndome de la pared. Al pie de un árbol estaba apoyado uno de mis bastidores y más adelante encontré uno de los cartones de la ropa, mojado, en medio de un charco. Lo volqué con el pie. En la esquina, un par de niños jugaban con mi caja de pinturas. Le di un sopapo a uno de ellos para que se hicieran a un lado y se las arrebaté. Se metió chillando a su casa. Yo abracé la caja y desaparecí tan rápido como pude.

Me detuve a tomar aire en el Parque Morelos. Estaba exhausto. Luego de beber de un surtidor me recosté en una banca abrazado de mi caja de pinturas como si estuviera flotando en alta mar y aquél fuera el último vestigio de un barco que había desaparecido bajo el agua sin avisar. Una caja de caoba manchada de colores, traqueteada por el uso, pero resistente. Era mía y solo podía ser mía. Escuincles idiotas, les debí haber pegado más fuerte. Yo todavía no tenía la edad de esos mocosos cuando me pasaba las tardes recortando y lijando cada una de las tablitas de aquella caja, haciendo embonar cada pieza en su sitio bajo las instrucciones de don Lorenzo.

Me puse a pensar qué rayos pudo haber sucedido. Tal vez el secretario de Horacio olvidó pagar o por algún motivo se le traspapeló la hoja con los datos que le había dado a Horacio. Quizá doña Gertrudis no quiso recibir el pago, o peor, la muy desgraciada ratera lo recibió, se quedó con el dinero y de todas maneras echó mis cosas a la calle. Tal vez Horacio me había engañado.

Me quedé buen rato inmóvil, tirado en aquella banca, tratando de adivinar qué había ocurrido, pero solo podían ser especulaciones. Al final no tenía más alternativa que volver y esperar a que Horacio regresara de su viaje para ajustar cuentas. Emprendí la caminata de regreso a plenas tres de la tarde y con las tripas todas alebrestadas.

Cuando por fin llegué frente al portón custodiado por los leones chatos me di cuenta de que no había manera de llamar. No había timbre ni chapa ni nada parecido. La puerta para peatones era una sola placa de metal, completamente lisa, igual que las hojas del garaje que se activaban a control remoto. Toqué con todas mis fuerzas, con la palma, con el puño, con el llavero, pero no había manera de que mis toquidos se oyeran hasta el otro lado del baldío y del jardín. Desesperado, me puse a dar de patadas al portón, trinando de coraje, cuando escuché sonar a mis espaldas la sirena de una patrulla. Dos pitidos breves y el rugido de un motor de ocho pistones.

La camioneta subió a la rampa del garaje para cerrarme el paso. Bajaron dos oficiales y me acorralaron contra el muro. Uno de ellos, el que actuaba con mayor ímpetu, empezó a interrogarme.

—Y ahora, ¿se puede saber qué carajo haces pateando la puerta de esa casa?

Era flaco y correoso, pero con ínfulas. El otro, fofo y viejo, con sombrero de rancho, se mantenía al margen.

—Aquí trabajo, oficial. Estaba tocando para que me abrieran. Lo que pasa es que no hay timbre y el personal de servicio está muy lejos…

—Voy a creer que no hay timbre. ¿Cómo ve compañero? —le dice el flacucho al viejo—. ¿Qué no sabes que esto es Colinas de San Javier? Aquí todas las casas tienen timbre y sistema de seguridad. Hasta tienen cámaras, ¿sabías eso?

Negué cada vez más irritado.

—Ahorita mismo te pueden estar filmando y tú ni cuenta te das. A nosotros nos pagan para conservar la tranquilidad de la colonia, para que no vengan pelagatos como tú a andar molestando. A ver, saca tu identificación.

Había dejado mi licencia en el bolsillo trasero del pantalón y seguramente también se había ido a la lavadora.

—Está allá adentro —respondí con aplomo—. Les digo que trabajo aquí…

—¿Y en qué se supone que trabajas?

—Soy pintor.

—Úuujule —dijo el sombrerudo—, ni te imaginas la de rateros que nos hemos encontrado que dizque son pintores y que vinieron dizque a hacer un trabajo.

—¡No, de brocha gorda no! Pinto cuadros, copias de pinturas antiguas.

—Mmmh, artista —dijo fastidiado, con las manos en la cintura—, y ya nomás por eso crees que te vamos a dar trato especial.

—A ver ¿qué llevas ahí? —dijo el flacucho señalando la caja de pinturas con la macana.

—Es mi caja de pinturas. Me pidieron un encargo y salí por material. Estaba esperando a que me abrieran.

—No me digas… —el flacucho me arrebató la caja, la abrió y le mostró a su compañero el interior. Soltaron los dos una fuerte risotada. Dentro había crayones, plastilina, canicas, carritos de juguete…

—Este ya se sacó boleto para el San Juan de Dios.

—Ámonos, jálele pa'rriba —dijo el viejo como si estuviera arreando una mula.

—Tira esa basura, que se la lleve el carretón —dijo el policía flacucho, y su compañero aventó mi caja hacia un contenedor que estaba a unos cuantos metros, sobre la acera. La caja cayó en el suelo, sobre una de sus esquinas. El crujido de la madera sonó como si lo que se hubiera roto fuera mi propio cráneo. No pude contenerme más. Aplasté contra la camioneta al policía que me estaba poniendo las esposas y traté de zafarme. Todavía no alcanzaba a soltar los brazos cuando cayó encima de mí una lluvia de golpes de macana en la espalda, en la cabeza. Golpes, patadas y palabras humillantes. Lacio y con las manos esposadas a la espalda, me aventaron a la caja de la camioneta.

—Ahí te lo encargo, Sóquet. Nomás que no se quiera bajar sin permiso —le dijo el policía de sombrero a un indigente que estaba acurrucado en el piso de la camioneta.

La camioneta se puso en marcha. El indigente me saludó meneando arriba y abajo la cabeza, con los ojillos entrecerrados. Sonreía como si me estuviera dando la bienvenida a una fiesta, como si en seguida fuera a ofrecerme una cerveza para luego ponernos a platicar. Sus encías estaban hinchadas y tenía las comisuras de los dientes cubiertas de una pasta verdosa. Iba envuelto en una cobija mugrienta y la densa pelambrera gris le cubría la mitad de la cara. Apestaba tanto que tuve que ponerme de cara al viento para contrarrestar las náuseas.

Llegamos a una estación de policía y nos encerraron a ambos en la misma celda, un cuartito de dos por dos en el que no había más que una cubeta de agua y el inodoro, tapado a medias con un cartón. Alguna vez las paredes habían sido blancas, lo que resaltaba más todavía la suciedad, el óxido y los tachones en las paredes.

—Ni modo, Sóquet, hoy vas a tener que compartir habitación —le dijo el policía de sombrero al indigente.

Pasamos las muñecas por entre las rejas y nos quitaron las esposas. El policía flaco todavía se dio el lujo de torcerme los brazos hacia atrás hasta hacerme aullar de dolor. Cuando me soltó me desparramé en el piso y ahí me quedé quieto, como un muerto al que nadie le hubiera cerrado los ojos.

—Ya ve —dijo el sombrerudo—, eso le pasa por andar de alebrestado con la autoridad. Para la otra mejor se queda calladito y obedece.

—Y tú, a ver cuándo aprendes, cabrón. Te hemos dicho un millón de veces que no te puedes meter a la colonia, pinche Sóquet. ¿Qué te cuesta quedarte allá abajo?

—Es que a mí no me gusta vivir en las casas, prefiero el aire libre —contestó alegre el indigente—. Este es mi reino, el cerro entero es mío, y el bosque de los Colomos, los caballitos, los patos…

—Estás bien mal de la cabeza, pinche Sóquet. Hay mucho aire libre para allá para Zapopan, allá quédate. ¿Y qué? ¿Traes?

—Nomás lo de la comisión, mi comandante —se cuadró y sacó de su chamarra una bolita de papel periódico que entregó al policía.

—Órale pues, que sueñes con los angelitos. Ahí al rato te paso una burra de frijoles aunque sea.

Veía al viejo, su extraña sonrisa, su actitud campechana. Se había recostado en el piso de la celda, con las piernas cruzadas y la cabeza apoyada al pie del muro. Parecía que estuviera acostado a la orilla del mar.

Luego sacó de la valenciana del pantalón un carrujo forjado en un boleto del trolebús y lo encendió sin ningún temor. El olor de la hierba se esparció por toda la celda, pero no llamó la atención de nadie. Aspiró un par de veces el humo y fue hacia mí.

—Toma, fúmale —dijo. Yo seguía pasmado—. Te va a hacer bien, ándale, hazme caso.

Me acercó el cigarro y me lo pegó a la boca con los dedos negros de mugre. Luego que pude moverme, tomé la bachicha por mi cuenta.

Ocasionalmente fumaba con los amigos, en las reuniones de pintores o en el taller con Felipe, aunque en los últimos meses no había tenido ni dinero ni ánimos. En ese momento, con el cansancio y los golpes, un poquito de hierba caía como pan del cielo. De pronto me sentí desapegado del dolor, ligero. Me daba risa la cara del Sóquet, sus ojillos entornados y apacibles.

Ya estaba entrada la noche cuando desperté con muchísima sed. Nos empinamos media cubeta de agua, y en seguida un hambre de primate se apoderó de mi estómago. El Sóquet sacó una bolsita de cacahuates japoneses que devoramos entre los dos. Más tarde, el policía fofo, ya sin sombrero, llevó un par de burritos de frijol envueltos en papel metálico y apagó las luces. El Sóquet arrancó un pedazo y me dijo que me comiera lo demás. Intenté negarme, pero él dijo «Mi estómago es así, de este tamaño», y apiñó los dedos de la mano para simular un huequito en la palma. Nos tendimos en el suelo de la celda y me quedé profundamente dormido.

Amanecimos los dos envueltos en la cobija mugrosa.

Un nuevo policía golpeó la reja y gritó:

—¡Órale, putos, a empiernarse a su casa!

Me levanté como pude. No había una parte del cuerpo que no me doliera. Renqueaba de una pierna, tenía mucho frío y sentía la boca llena de sabor a sangre. Afuera no reconocí la calle ni el barrio, aunque sabía que no nos habíamos alejado mucho.

El Sóquet me preguntó que a dónde iría y yo solo pude alzarme de hombros. Empecé a renquear hacia un crucero que se veía un par de cuadras más adelante. El viejo fibroso, y por lo visto más fuerte que yo, me pasó el brazo por debajo de la axila para que me apoyara. Dimos media vuelta y me llevó en la dirección opuesta. Me dejé conducir algunas calles y cuando me sentí un poco más desentumido pude caminar por mi cuenta. Reconocí la zona. Me estaba guiando de vuelta a la casa de Horacio.

—No, oiga, yo ya no quiero volver ahí —me resistí—. No hay manera de entrar, y si espero a que alguien salga y me vuelven a ver los policías, ahora sí me meten a la grande.

—Espérate, hombre, ven.

Lo seguí hasta llegar a la entrada de los leones.

—Esta puerta tiene un alambrito aquí…

Se agachó al pie de la placa de metal y metió los dedos debajo de la ranura. Jaló el alambrito y la puerta se abrió.

—Ahí está… ¿Ves? ¡Te digo que es mi reino!

Se alejó sin despedirse, sonriente, arrastrando las barbas de su cobija.

# 4.

Atravesé el terreno baldío como un forajido, con miedo a ser descubierto por cámaras de vigilancia que imaginaba ocultas entre los matorrales. Pisaba con cuidado y miraba para todas partes, pero no vi nada ni escuché nada. Tampoco a la hora de meter la mano por el vidrio roto para abrir la puertecita de metal. El jardín estaba solo y en silencio. Los sirvientes no se habían levantado todavía. Era tan fácil meterse a robar. Cualquiera podría entrar en aquella casa y llevarse objetos que valían millones de millones. Pero quién iba a saber que había un alambrito, un terreno baldío, un vidrio roto.

Las reliquias del padre de Horacio se hallaban a salvo dentro de la bóveda, pero todo lo demás estaba dejado al garete. Cierto que las costosas antigüedades que decoraban la casa eran piezas que difícilmente podría uno sacar en los brazos, pero no dejaba de ser curioso que estuvieran así, sin protección.

Entonces pensé en *La Morisca* y en ese momento me di cuenta de la paradoja. Fue como si una parte de mi cabeza viera lo que pasaba antes que yo. Se me aflojaron las rodillas, me quedé congelado a mitad de la escalera y un instante después comprendí que ni yo ni nadie podía robarse *La Morisca* por el mismo motivo que hacía imposible pintar la falsificación: la capilla era una mole de piedra cerrada por los seis lados y la única puerta medía menos de sesenta centímetros de ancho.

Me apresuré al rincón donde crecían helechos entre las piedras solo para confirmar lo que era obvio. Miraba hacia arriba y me preguntaba cómo rayos habrían metido ahí la tabla y el retablo que la sostenía. Hasta entonces entendí lo que había dicho Horacio acerca de que la casa había sido construida para resguardar a la pintura.

Di vueltas por la terraza, alzando la vista hacia lo alto del muro e imaginando la casa en obra negra, el cuadro con el retablo puestos en medio del cerro polvoso y todavía baldío, cubierto con lonas y mantas, mientras los albañiles levantaban los muros alrededor, la cimbra, la techumbre. Me imaginé al ingeniero Luis Barragán riéndose de una solución tan ingenua y al mismo tiempo tan rotunda.

Si seré idiota. Cómo no me di cuenta antes de que era imposible meter la tabla en la capilla o sacar el cuadro para trabajar la falsificación en el taller. ¡Por qué Horacio no me dijo lo de aquel pequeño inconveniente! Se me fueron los ánimos al suelo. Más me valía ir haciéndome a la idea de desaparecer. Nunca cobré el cheque, aquí no pasó nada. En todo caso Horacio no tenía nada que reclamarme. Que llamara a su Miracolo Torino a ver si él podía hacerle el milagrito o que de plano demoliera el edificio para sacar la pieza.

Me recargué en el muro lamoso y miré en derredor. Era exasperante la serenidad de la casa. Las puntas de las enredaderas seguían meciéndose en la superficie vaporosa de la alberca y el resplandor amarillo del primer rayo de sol que se derramaba sobre las copas de los árboles. Despertaba el bullicio de los pájaros, pero el silencio que me oprimía por dentro era más pesado que las piedras apiladas detrás de mí.

Me arrastré hacia el taller con el salitre de la celda todavía encajado en las coyunturas de los huesos. No tenía prisa por volver a la calle. Necesitaba descansar. Anhelaba tirarme sobre la cama, pero llevaba a cuestas la pestilencia de mi sudor mezclado con el olor a orines de la cobija del Sóquet, así que me fui directo al baño, aventé la ropa sucia en un rincón y abrí la llave de la regadera. Sentí un placer inmenso cuando la tupida lluvia de agua caliente cayó sobre mi espalda. El bóiler había estado encendido desde siempre, en las casas de los ricos todo funciona como se supone que debe funcionar. Cerré los ojos y dejé que el agua me fundiera los huesos. Abrí un paquete de jabón oloroso y me lo tallé por todo el cuerpo como tres o cuatro veces. Ya limpio, me puse una camiseta y una trusa del montón de ropa que había dejado la Tona sobre la silla, me metí entre las sábanas y de inmediato me quedé dormido.

Cuando desperté ya casi no había luz y por un momento no supe dónde estaba. Luego reconocí la recámara y recordé lo que había sucedido: el desalojo, la cárcel, la imposibilidad de falsificar el cuadro. No tenía a dónde ir. Me senté en la orilla de la cama y me puse a pensar en cómo salir del apuro, pero solo se me ocurrían cosas ilógicas o poco factibles como ir a pedirle ayuda a la señora Chang, quien seguramente pensaba que había robado su tríptico. Estaba modorro y aturdido. Fui al baño, metí la cabeza debajo del chorro de la llave y me bebí como un litro de agua de un tirón. Llevaba dos días sin comer y el estómago me dolía como si tuviera dentro un puñado de balines. Estaba pálido.

Me vestí y salí a la cocina. Las puertas de persiana color verde botella estaban cerradas sobre la barra que daba a la terraza. El rechinido de la puerta basculante de la cocina hizo eco por toda la casa, pero por lo visto los sirvientes se encontraban fuera. Para mí fue un alivio.

Podía comer a mis anchas y luego irme sin dar explicaciones. A lo mucho le dejaría una nota a Horacio para que se las arreglara como mejor pudiera. Yo ya tenía bastante de qué preocuparme.

La cocina, con la estufa en el centro, barra de mármol y alacenas de madera todo en derredor, parecía el escenario de una foto de revista de decoración. La luz cálida de una lámpara de cristales emplomados colgaba sobre un frutero repleto, listo para ser pintado en un bodegón. Me gruñó el estómago y sentí una prisa inminente por llevarme algo a la boca. En el refrigerador encontré infinidad de quesos, embutidos, vegetales y frascos de productos que jamás había visto. Sin pensármelo dos veces me eché a la boca una salchicha coctelera y tomé un gran trago de jugo de naranja directo de la caja. Saqué una barra de salami del tamaño de mi brazo, un queso lleno de agujeros, aguacate y cuanta cosa se me ocurrió que podía entrar en un sándwich. Sobre la barra encontré una panera repleta de bollos frescos. Partí tres por la mitad, los unté de mostaza y mayonesa, los embutí de todo lo que había sacado y me zampé el primero casi sin saborearlo.

La casa estaba completamente callada. El único ruido era el refrigerador y luego también ese se detuvo. Me abrumaba todo ese silencio, me obligaba a pensar y en ese momento lo que menos quería era pensar. Los problemas se atropellaban y se daban de codazos para sobresalir y ser resueltos. Decidí comenzar por el recado que iba a dejarle a Horacio. Encontré por ahí un cuadernito y una pluma. Qué iba a reclamarle primero, la pérdida de mi departamento o que me hubiera contratado para falsificar la obra sin advertirme que era imposible, que estaba literalmente encerrada a piedra y lodo. Tal vez solo debía dejar por escrito mi renuncia y sanseacabó.

Pero me pesaba renunciar. Era tan bueno estar ahí, a salvo. Una cama limpia, un refrigerador lleno de comida. Lo que yo pintaría si tuviera un taller como aquel. Todo lo que siempre había deseado estaba ahí, y sin embargo no podía tomarlo porque no había manera de falsificar el cuadro, encerrado como estaba entre aquellos muros de roca, a menos que... a menos que copiara el cuadro de memoria. En el cuadernito que tenía entre las manos hice unos cuantos trazos de lo que recordaba del cuadro, los elementos esenciales: los rasgos de la mujer, seis columnas al fondo, la perspectiva, la proporción de cada cosa. Si conseguía memorizar los detalles, pincelada por pincelada, con suerte y lograría sacarlo en mi cabeza para reproducirlo en la falsificación. Sonaba demente. Tomé una caja de cerillos y abrí la puerta de la capilla. La oscuridad exhalaba su aliento de abismo, pero a cada momento me iba sintiendo más y más exaltado con la idea de llevar a cabo aquella locura. Entré sin titubear y encendí uno de los cirios para comparar mi burdo boceto con la imagen verdadera. Ahí estaba. La esencia del cuadro estaba esbozada en mi torpe dibujo hecho con bolígrafo. Había visto el cuadro una sola vez y había sido capaz de memorizar los rasgos más importantes sin proponérmelo. Podía hacerlo. Podía copiar el cuadro de memoria. O por lo menos podía hacer el intento.

De regreso en el taller estaba excitadísimo. Deseaba que ya fuera de día. Me puse a esculcar entre los tiliches amontonados para buscar papel y lápiz cuando me topé con un tocadiscos más o menos viejo. El aparato estaba entero, solo tenía cuarteada la cubierta de acrílico. Junto había también una caja de elepés. Me llevé todo a la salita, conecté los cables y las bocinas. Funcionaba perfectamente. Me puse a oír música de las Hermanas Aguilera, mientras en un cuaderno boceteaba como loco trazos y más trazos de la pintura. Luego me dio por dibujar rostros y paisajes que había visto alguna vez. Sacaba de la memoria detalles muy precisos como la rasgadura de un sillón, la cantidad de mosaicos en el suelo de una cocina o el ribete de un enrejado. Aunque durante los años de escuela había tenido cierta fama mi capacidad para memorizar imágenes, nunca le di mucha importancia, no era más que una monería para fanfarronear; nunca hasta entonces me imaginé lo que podía llegar a hacer con eso.

Al amanecer tenía el cuaderno lleno de apuntes y un montón de viruta de lápiz alrededor de mis pies. Sentía un cansancio limpio y satisfecho que me llevó de regreso a la cama. A media mañana me levanté con toda la disposición de poner manos a la obra.

El Gordo pasaba la podadora al pasto y la Tona trasegaba en la cocina. Al verme sonrió mustia y llenó un jarrito de café.

—Qué pasó, oiga, dónde andaba. Yo pensé que ya no quería venir. Qué desaire le hicimos, dije yo, si nomás fue el detalle ese, un accidente que luego se arregla, ya verá, nomás que regrese mi Lachito.

—No hay problema, no se preocupe. Estaba haciendo algunos arreglos para comenzar con el trabajo —le dije muy serio.

—Siéntese para que desayune. Ahorita lo llevan a comprar todo lo que ocupe.

Puso en la mesa la canasta de pan y luego de unos minutos llevó un platón con enmoladas bañadas de crema y queso fresco.

Mientras comía, oí el graznido de un loro que gritaba ¡Gordo! ¡Gordo!, y el Gordo se acercó a la terraza con una guacamaya roja prendida del antebrazo. Sonreía. La Tona dejó sobre la barra un platón de fruta y le dijo: «Toma, para tu novia».

—Tunovia —contestó él con una voz muy gruesa, voz de sordo.

El Gordo acercó un cuadrito de fruta al pico del

pájaro, que se lo engulló y agitó las gigantescas alas color azul plúmbago. Se contoneaba alegre en el antebrazo del hombre que le daba de comer. De cuando en cuando me miraba con desconfianza. Junto al Gordo, la guacamaya parecía un ser avispado y perspicaz, como si estuviera más consciente de la realidad que él.

—Ya llévate de aquí a ese pajarraco, que me pone de nervios, luego nomás ensucia —le dijo la Tona, que estaba entretenida deshojando tomatillo verde.

—Tunovia —murmuró nuevamente el Gordo, y se dio media vuelta.

—Ah, y ahorita que acabes llevas aquí al señor a comprar materiales para su trabajo. Toma…

Puso encima de la barra el sobre de papel manila lleno de billetes que Horacio había dejado la madrugada que se fue de viaje. El Gordo metió el sobre en su camisa y se alejó con todo y la guacamaya y el platón de fruta.

Dejé los cubiertos encima del plato y me limpié la boca embarrada de mole con una servilleta de tela almidonada. Tendría que comenzar por un dibujo a escala. Luego trazarlo a tamaño real, cotejarlos y tomar notas. Había que limpiar y preparar la tabla, preparar las pinturas, el temple… «Cuánto se habrá tardado Mabuse», pensé. Pero el tiempo entonces era distinto.

Salimos. El Gordo me seguía por el baldío a cuatro o cinco pasos. Yo pensaba que tomaríamos un taxi en la avenida, pero de pronto él se adelantó y subió a la camioneta estacionada en el terreno, junto al montículo de arena. Era una *pick-up,* como la mía, pero mucho más vieja y maltratada. Encendió la marcha y aceleró un par de veces para que se calentara el motor. Yo me quedé parado junto a la ventana del copiloto. «Y este cómo irá a manejar, si ni siquiera puede mirar fijo al frente», pensaba. El motor estaba listo.

Iba a decirle que mejor manejaba yo, pero lo dejé hacer. Total, en cualquier momento podía pedirle el volante. Para mi sorpresa el Gordo conducía perfectamente.

Le pedí que fuéramos al centro y después a una tienda de Tlaquepaque donde acostumbraba comprar colores de tierra para preparar pinturas. Pero antes de llegar al centro se estacionó en una callecita del barrio de Santa Tere. Pensé que iría a atender algún asunto suyo y me dispuse a esperarlo ahí mientras hojeaba un periódico viejo. Al ver que no bajaba fue y me abrió la puerta; puse el periódico a un lado y lo seguí.

El Gordo timbró en una de esas casas de fachada lisa, de una sola planta, la cornisa de la ventana estaba llena de adornitos de cerámica que nos miraban mientras esperábamos bajo el rayazo del sol. Sobre la acera no había más que un arbolito chaparro de naranja agria. Todas las aceras de Santa Tere están llenas de esos mismos árboles de hojas percudidas y uno al caminar por ahí tiene que estar cuidando de agacharse si no quiere acabar con una espina encajada en la cabeza.

Abrió un hombre mayor, flaco y muy alto. Al ver al Gordo se hizo a un lado para dejarnos pasar. Al fondo se alcanzaba a entrever una estancia y más allá un patio. De adentro de alguno de los cuartos se escuchó una voz cascada y chillona que preguntó:

—¿Quieeén es...?

—Son ellos, mamá —respondió el hombre flaco.

—¿Quién?

—Espere un momento, por favor —me dijo el hombre flaco, y entró a la casa.

—Es él. El enviado del maestro —dijo a su madre casi gritando, como que la viejecita estaba medio sorda.

—Dile que me espere, que ahí voy.

Yo no tenía la menor idea de qué rayos hacíamos ahí, ni de quiénes eran esas personas. El ambiente tétrico de la casa comenzaba a darme miedo. El hombre volvió con una naranja en la mano y se la entregó al Gordo, quien se puso muy contento y de inmediato se encorvó sobre ella para quitarle la cáscara.

—Mi nombre es Melesio Ramírez, para servirle —me estrechó la mano.

—Gracias, yo me llamo José Federico Burgos.

—Es un gusto, señor José. El maestro se presentó y nos avisó que vendría.

—Perdone, don Melesio, pero yo no vengo de parte de ningún maestro, ¿no me estará confundiendo con alguien más?

—El maestro quiere instruirlo y ha pedido que se le examine antes. No hay ninguna confusión.

—Pero yo no sé nada de eso. ¿Quién es ese maestro que dice?

—El maestro ya no pertenece a este mundo. Don Lacho tal vez le habló de él.

La señora salió de la recámara en pantuflas y camisón, con los cabellos blancos enmarañados, apoyada sobre una andadera de aluminio que tronaba a cada paso con un chasquido como de huesos. Atravesó la sala despacio y se dirigió al patio. Trataba de bajar el escalón para salir, pero no conseguía doblar las rodillas.

—Si me permite… —dijo el señor haciendo una reverencia ridícula, y fue en ayuda de su madre.

El Gordo estaba concentrado comiendo naranja, no había ni qué decir. El señor Melesio me llamó desde la puerta del patio. Había sentado a la señora en una silla de bejuco que tenía un gran respaldo circular, como un trono. La silla se encontraba al pie de un enorme guayabo de cuyas ramas colgaban infinidad de objetos: frasquitos, muñecos, regalos envueltos en deslucido celofán, listones, collares, billetes pegados con alfileres. Se me puso la piel chinita. Aquello debía ser cosa de brujos y yo quería salir corriendo, pero la estatura del señor Melesio se me imponía detrás y eso me impedía retroceder.

La mujer estaba quieta en la silla. Tenía los ojos llenos de cataratas y parecía mirar un punto fijo por encima de mi hombro. Con las manos huesudas y secas hacía como si acariciara un animalito invisible sobre su regazo.

—Dime tu pregunta —su voz era ahora mucho más grave y entera.

—¿Qué pregunta? —dije desconcertado. Pensaba que tal vez tendría que interrogarla sobre mi futuro o pedir un consejo, pero no se me ocurría nada. Me quedé como estatua, con las manos hechas nudo, entrelazadas al frente.

—¿Tú eres tú…?

—¿Perdone? —dije sin entender.

—La pregunta es ¿tú eres tú? —repitió a modo de respuesta—. Si eres tú, entonces vas a sellar el destino de las que tienen que ser liberadas. Quien encuentra la puerta encuentra también la llave.

Se quedó en silencio. Volteé a los lados, pero no sucedía nada. Pasaba el viento y caminaban las sombras sobre el piso de tierra sin que nos diéramos cuenta.

—Ahora deja tu prenda —agregó.

Miré el árbol y supuse que debía colgar alguna cosa mía o pegar un billete. Busqué en los bolsillos pero solo llevaba mis llaves y el pedacito de lápiz con que había estado dibujando. El sobre con el dinero lo llevaba el Gordo, así que dejé el pedacito de lápiz. Le até un cordón sucio que estaba tirado en el suelo, y amarré el cordón en una de las ramas menos abarrotadas. Cuando volteé de nuevo, la viejita estaba dormida con la cabeza apoyada en el respaldo y la boca entreabierta. El señor Melesio se acercó y me indicó seguir hacia el fondo del patio donde había una construcción todavía más vieja, de adobe y techo alto.

En cuanto abrió la puerta, mi nariz reconoció el frescor húmedo de los minerales guardados ahí dentro: era olor de tlapalería. El cuarto era una especie de tendajón. El señor Melesio tiró la cadenita de un foco lagañoso que colgaba sobre el mostrador y se puso un delantal de lona manchado de colores. Comenzó a sacar botes y a ponerlos encima del mostrador. Todavía usaba cucuruchos de papel periódico.

Sin que yo le dijera nada se puso a despachar un poco de esto y de aquello. Los colores básicos: blanco de titanio, ocre, rojo ladrillo. Lo dejé hacer.

—El maestro dijo que se encuentra usted en una empresa de suma importancia, que le proporcionemos todos los materiales que necesite. Si le llegara a hacer falta algo, basta con que mande al Gordo para que se lo enviemos.

Le di las gracias. El tema ese del maestro me ponía la piel de gallina, así que mejor me distraje mirando los vitroleros que contenían ojitos para las esculturas, piedras de ágata, manitas de santo y productos de viejas marcas que no se encontraban ya en las tlapalerías normales. Comenzaba a sentirme como niño en dulcería.

Don Melesio guardó los botes debajo del mostrador y sacó otra serie de latas rectangulares, abiertas por arriba en un corte diagonal. Eran los colores finos. Azul añil, rojo bermellón, siena, malaquita, negro de vid, sombra de Chipre, además de azafrán y cochinilla. Me moría de ganas de meter las manos en las cajas para tocar los colores y deshacer los terrones de polvo con los dedos.

—De estos cuánto necesita…

—Doscientos gramos de cada uno, si me hace favor. Don Melesio hizo una ligera mueca. Tal vez estaba abusando un poco y a él le dolía desprenderse de una parte importante de su tesoro.

—¿Esto de ahí es polvo de rajalgar?

—Así es. Sulfuro de arsénico. Extremadamente venenoso. Lo descontinuaron hace más de cuarenta años, me extraña que usted lo conozca.

—Hace mucho, cuando aprendí a pintar, lo usábamos para dar el toque final a las encarnaciones. El tono que le da a la piel no se compara con ningún otro pigmento.

El hombre mantenía la vista fija en el procedimiento de servir y pesar los colores en la balanza.

—Voy a necesitar aceites de lavanda y de adormidera. ¿Sabe dónde puedo conseguirlos?

—Tengo de lavanda y de linaza. De adormidera solo me quedan unos cien mililitros. En la calle de López Cotilla hay una botica donde sé que tienen. Si le dice al dueño que va de mi parte, tal vez lo convenza de que le venda un poco, aunque a un precio exorbitante.

Había metido latas con el aceite y los cucuruchos de las pinturas en un costal. En el tendajón había también pinceles, espátulas y otras cosas, pero no quise abusar más de su generosidad, podía comprar esas cosas en Casa Serra o en una tienda cualquiera. Era suficiente con todas las rarezas que había encontrado ahí.

Al atravesar el patio de regreso pasamos de nuevo junto al guayabo, pero la viejita ya no estaba. Don Melesio entregó el costal al Gordo. Le pedí al hombre que me despidiera de su madre, hizo un gesto y se adelantó para abrirnos la puerta. Salimos, subimos a la camioneta y el Gordo la puso en marcha. Me sentía ligero y satisfecho.

—¡Pero qué cantidad de cosas tiene ese señor en su tienda! Llevaba años buscando el polvo de rajalgar —le decía yo al Gordo, emocionado, sin esperar que me respondiera—. Ahora lo duro será preparar todas esas pinturas. Va a ser cosa de moler y moler y moler hasta desaparecer bien el grano... ¡Ah, vamos para el centro, si me haces favor! Todavía nos hace falta un montón de cosas. Lo bueno es que el aceite de adormidera ya lo tenemos. Creo que con ese alcanza. Oye... Bueno, ni para qué te pregunto, pero todo ese asunto del maestro está muy raro,¿a quién se referían?

Nos detuvimos en un semáforo. El Gordo consiguió fijar por un segundo sus ojillos vagos para mirarme y sonreír.

Pasamos gran parte del día dando vueltas de tienda en tienda, para conseguir carboncillos, papel manila, blanco de España, cola, espátulas, piedra de moler, vidrio, pinceles y paletas, aguarrás, frascos vacíos y cuanta cosa se me ocurrió que podía necesitar. Entrábamos a una tienda, el dependiente traía lo que yo le ordenaba y el Gordo sacaba de su overol el sobre con el dinero para pagar. Luego de tres o cuatro tiendas así, el Gordo prefirió entregarme el sobre y esperar estacionado en doble fila.

Cuando vi el montón de dinero que era, se me ocurrió que podía comprar una cámara fotográfica. ¡Cómo no pensé en eso antes! Con una cámara podría tomar foto de todos los detalles del cuadro. Le pedí al Gordo que me llevara a Plaza Patria. Para entonces serían ya como las cinco y teníamos muchísima hambre, así que primero fuimos a comer a un lugar en el centro donde sirven unos platos enormes y garrafas de jugo como de dos litros. Al Gordo le brillaron los ojos al señalar en la carta la foto de una escamocha gigante, como para alimentar a un regimiento, con crema chantilly, granola, jarabe de chocolate y una cereza en la punta. También pidió una garrafa de agua de guayaba y *waffles*. Yo pedí una milanesa, pero el plato llevaba de guarnición ensalada rusa, un elote tierno, frijoles, arroz, ensalada, papas a la francesa y verduras al vapor. De tomar pedí una cerveza, también en vaso grande.

Nunca había visto a alguien comer con tanto gusto como el Gordo con su escamocha tamaño familiar. Comimos hasta hartarnos. Al pagar caí en la cuenta de que aquel lugar era tan barato que parecía ridículo que hubiera elegido comer ahí cuando llevábamos todo ese dinero. Llegamos a la plaza y le pedí al Gordo que me esperara en el estacionamiento. Además de la cámara necesitaría algo de ropa. Recorrí los pasillos un par de veces sin encontrar nada que pudiera ponerme. No acostumbraba andar en esos lugares, las combinaciones que vestían los maniquíes me parecían demasiado extravagantes. Acabé harto y sin haber comprado nada. Al final fui a la Kodak y pedí que me vendieran la mejor cámara automática que tuvieran. La más cara. Llevé también cuatro rollos, baterías y repuestos de flash. Antes de salir al estacionamiento me topé con una tienda de discos que estaba de oferta y ahí sí que me di vuelo comprando todo lo que se me antojó.

Subí a la camioneta cargado de bolsas. El Gordo encendió la marcha y puso la reversa. Un hombre detuvo el tránsito para que pudiéramos salir, silbaba y hacía señas con una franela roja. Lo reconocí. Era el Sóquet. Me saltó el corazón como si me hubiera encontrado de pronto a un viejo amigo. De no haber sido por él no habría sobrevivido aquella noche. Lo llamé por la ventanilla abierta, lo saludé y le di un billete de cincuenta mil pesos.

—Ora no traigo, maestro, se la debo —se disculpó e intentó regresarme el billete.

—No, no, Sóquet, soy yo, el del otro día, en la celda, ¿no te acuerdas?

—Cómo no me voy a acordar, si me abrazaste toda la noche —se rio y guardó el billete en el bolsillo—. Oye, estuvo muy feo lo de tu caja. Le pregunté a los del carretón. Van a buscar los pedacitos, a ver si los encuentran.

—¡¿De veras?! Muchas gracias, mano, no sabría cómo agradecerte.

—No es seguro, eh… pero pues a ver. ¿Y todos esos discos son tuyos?

—Algo así…

—Órale, a ver qué día me invitas a oír música.

—Sí, un día de estos.

Lo dije con toda sinceridad. Hubiera querido invitar al Sóquet y salvarlo como me había salvado él a mí, pero aquello de ponernos a escuchar música juntos, por donde se le viera, resultaba más que imposible.

El Sóquet regresó a la vía para detener el tráfico agitando la franela roja.

# 5.

Regresamos a la casa. El Gordo dejó las bolsas en la entrada del taller y se fue a ver a su guacamaya que gritaba con insistencia desde el fondo del jardín. Era muy tarde como para tomar las fotografías, casi no quedaba luz, así que aproveché para acomodar el material que acabábamos de comprar.

Como tenía pensado hacer un boceto de tamaño real donde ir tomando notas del color, los degradados y las veladuras, necesitaba un pliego gigante de papel. Con ese fin había conseguido varios pliegos de papel manila y me puse a ensamblarlos con cinta *masking* hasta que dieran el tamaño de la tabla. Trabajaba con calma sobre el piso del taller escuchando uno de los discos nuevos, de Ella Fitzgerald. Había oído hablar de ella entre los amigos de don Rafa, pero hasta ese momento no había tenido oportunidad de saber quién era. Le había dado la vuelta un par de veces y podía identificar las canciones con los títulos de la cubierta. Enrollé el pliego gigante y lo recargué en una esquina. Era realmente bueno estar ahí.

Había sido un día largo y provechoso. Estaba rendido. No tenía hambre porque habíamos comido demasiado, pero se me antojaba una cerveza bien helada antes de dormir. Esperé a que la Tona subiera a su cuarto para ir a asaltar el refrigerador. Tomé las dos latas que quedaban en los aros del *six-pack* y una rebanada de queso.

Al salir vi que detrás de la puerta batiente había un teléfono pegado a la pared. La bocina estaba colgando de cabeza, sujeta del cable. Me llevé el auricular a la oreja y escuché un zumbido eléctrico, pero no daba línea para marcar. Activé la palanquita un par de veces pero nada, solo el zumbido constante. De pronto hubo un movimiento del otro lado de la línea. Una respiración.

—¿Tona…? ¿Me escuchas? Tona… Bueno… —hablaba una voz de mujer. Una voz gruesa y suavemente quebrada—. ¡Tona, contesta, por Dios, es urgente!

—¿Bueno? Señora. La escucho. Tona no se encuentra. Me parece que ya se fue a dormir.

—¿Con quién hablo?

—Soy… un pintor, estoy haciendo un trabajo aquí en la casa. Vi el teléfono descolgado, oí que llamaban y contesté. ¿Quiere que le hable a la señora Tona? Debe estar en su cuarto.

—Oh, no, no te molestes. ¿Pintor, dijiste?

—Sí, señora. Copista.

—¿Eres amigo de mi hijo?

—Sí, bueno, ¿Horacio es su hijo?

—Por supuesto. ¿No te comentó nada?

—No, no me había hablado de usted, pero la verdad es que nos conocemos muy poco, apenas me contrató para que le ayudara con este trabajo. Escuché que necesitaba algo urgente, ¿de verdad no quiere que llame a la señora Tona? Seguro está despierta, todavía es temprano, a no ser que haya salido.

—Ay, perdona que te moleste, lo que pasa es que estoy un poquito indispuesta. Esta mujer había quedado de traerme un medicamento, pero ya ves cómo son los sirvientes olvidadizos.

—¿Está usted bien? ¿No necesita que le llame a un médico?

—No, no, estoy bien, no te preocupes. En realidad es una cosa pequeñita de nada.

—Pues si supiera qué medicina necesita yo con gusto se la llevaría. El problema es que ahorita ya es un poco tarde y no sé dónde guardará el Gordo las llaves de la camioneta.

—Qué amable eres. Pero de ninguna manera quisiera darte semejante molestia.

—No es molestia, señora, dígame dónde vive y ahorita mismo veo cómo le llevo el medicamento.

—Pero si estoy aquí. En la casa. ¿Dónde más?

—¡Ahhh!, perdón, no sabía que estaba usted aquí. Pues siendo así, con mayor razón, dígame qué necesita.

—Ay, me apena mucho. Si no fuera porque me es imposible salir. El medicamento debe estar en uno de los cajones de la cocina. Es un frasquito gotero con una etiqueta azul que dice alprazolam.

—Alpra… —estiré el cable todo lo que dio para buscar en los cajones—. ¡Aquí está! Alprazolam. Supongo que necesitará un vaso de agua…

—Aquí tengo, gracias. Estoy en la última puerta del pasillo, a mano izquierda —colgó.

Miré por encima de mi hombro. No sabía qué hacer con la bocina, si dejarla como estaba o ponerla en su lugar. Decidí dejarla tal como la había dejado la Tona.

Fui hasta la última puerta del pasillo. Llamé, pero nadie respondió. Quizá la señora se hallaba en la cama, así que abrí muy despacio y llamé de nuevo. El aire estaba detenido, impregnado de un perfume denso y dulzón, como de vainilla. La luz de la entrada no dejaba ver el interior. La alfombra mataba el sonido de forma casi violenta. Volví a preguntar con voz más fuerte si podía entrar pero nadie contestó. Tal vez ella simplemente no quería que la vieran. Había una mesa grande de patonas de águila en el centro de la habitación. Avancé para dejar ahí el frasquito. Me di la media vuelta y crucé la habitación a grandes pasos, como si el silencio me estuviera persiguiendo.

La mañana siguiente llené los cuatro rollos con fotografías de *La Morisca*. Fotografié la tabla desde todos los ángulos, con todos los tipos de iluminación que pude improvisar dentro de la capilla, tomando en cuenta que no había instalación eléctrica. Una escalera de aluminio que encontré recargada entre los árboles me sirvió de andamio para tomar los detalles de la parte alta. Me sentía relajado y contento. No me levanté sino hasta como las nueve o diez esperando a que hubiera suficiente luz, me di un baño, desayuné, y luego de tomar las fotos pedí al Gordo que me llevara nuevamente a la plaza para que las revelaran en el laboratorio.

Pasada una hora me entregaron los cuatro sobres amarillos con las fotografías y los abrí ahí mismo, sobre el mostrador del laboratorio. En un dos por tres, los ánimos se me fueron otra vez al suelo. No servía ni una sola foto. Las que había tomado de cerca estaban borrosas, las que tomé de lejos eran demasiado oscuras o habían salido con el destello del flash. Aquello era un completo fiasco. Si acaso se salvaban una o dos fotos de cada sobre, y solo ayudarían para trazar generalidades. No se alcanzaban a distinguir las pinceladas ni los detalles, los tonos eran muy oscuros, las proporciones del cuadro habían sido distorsionadas por la lente.

Me dieron ganas de aventar la bolsa con las fotos a la basura o romper el mostrador con los puños, pero me contuve. Salí al estacionamiento. El Gordo puso en marcha la camioneta y esperé a que maniobrara para salir. Al voltear hacia una de las salidas del túnel, vi que se acercaba corriendo el Sóquet.

—Quiubo, mano, qué bueno que te veo. Oye, ¿no me puedes dar cien mil pesos? Los necesito.

—No le hagas. ¡Pero si ayer te di cincuenta mil!

—Es que estoy ahorrando.

—Ay si serás encajoso. Toma —le di el cambio que me había sobrado de las fotos.

—Bueno, pues algo es algo. Oye, ¿y qué es eso que traes ahí?

—Nada. Unas fotos, pero salieron mal.

—¿Puedo verlas?

—Son del cuadro que voy a copiar, pero están muy borrosas.

—¿O sea que vas a copiar una pintura? Qué chistoso.

—No entiendo qué es lo que te parece chistoso.

—Pues que los pintores copian lo que ven, y tú quieres hacer una copia de la copia. ¿No es ocioso eso?

—Mientras me paguen…

—Ah, no, pues así sí. ¿Para qué quiero que luego vengas a hacerme la competencia?

—Lo dirás de chiste, pero en una de esas acabo de viene-viene aquí contigo.

—Cuando quieras, te doy chance. ¿Sabes silbar? —Enrolló la punta de la lengua entre los labios y entonó un silbido intermitente. Nos reímos—. Y qué, ¿las vas a tirar? —señaló las fotos—. Porque si las vas a tirar, mejor regálamelas.

—¡Estás loco! ¿Cómo crees que te las voy a regalar? No, de algo me habrán de servir.

—Bueno, una nomás. Para mi colección de arte.

—Ándale pues, toma, quédate con esta.

El Gordo llegó con la camioneta y subí. Por el espejo retrovisor miré al Sóquet agitando la foto a manera de despedida. Se fue corriendo por la orilla de la banqueta como un pedazo de periódico arrastrado por el viento.

Debía darme prisa. Tan solo preparar los óleos era una faena laboriosa y tardada, aunque a decir verdad disfrutaba como pocas cosas jugar al alquimista, mezclar esto con aquello y hacer experimentos.

Lo primero sería cocer el aceite de linaza a baño maría. En el fondo del taller había una cocineta cubierta de cachivaches. Moví cajas y despejé la parrilla. Comprobé que hubiera gas, solo fue cuestión de abrir la llave de paso. Apañé de la cocina un par de ollas viejas y las puse al fuego. Para preparar el barniz de Dammar necesitaba una media de mujer que sirviera de filtro. Ahí sí, no tuve más remedio que pedirle a la Tona que me hiciera favor de regalarme una de sus medias y soportar que me cabuleara dos o tres días con frases como «no hace falta que inventes pretextos para tener una de mis medias, papacito» o «no me digas que eres de esos que coleccionan prendas». Al final hasta me parecía divertido. Lo que tenía que hacer era machacar los muéganos de resina y vaciarlos dentro de la media en un frasco de aguarrás. La media serviría para filtrar los residuos que de otro modo irían a parar a la pintura. El taller comenzaba a impregnarse del típico olor a resina que habita los estudios y las galerías.

El último paso era el más minucioso: mezclar las tierras con el aglutinante. Ir calculando las proporciones a ojo y atemperar la mezcla con una espátula sobre una placa de mármol como si fuera chocolate. Al final depositaba la pintura preparada en un tubo limpio de aluminio abierto por debajo, y una vez que el tubo estaba casi lleno, lo aplanaba como pasta de dientes, le hacía un doblez y lo sellaba con unas pinzas.

Me pasé días enteros abstraído, machacando tierras y mezclando los ingredientes. Los vapores de la trementina me sumían en un sopor lúcido del que salía únicamente para cambiar de disco o ir al baño. Era como si en el universo se colmara de un mar de azul cobalto o rojo bermellón y no existiera nada más. Me habría olvidado de comer y hasta de tomar agua si no fuera porque el Gordo llevaba la charola cada tanto tiempo. Se acercaba sigiloso, con las pupilas perdidas, pero curioseando atento en todo lo que hacía.

—¿Quieres intentarlo? —pregunté, sin esperar a que me respondiera.

Le puse la piedra de moler en la mano y le mostré el movimiento de muñeca que debía hacer para pulverizar los terrones. Al principio manejaba la piedra de forma insegura y torpe, como un bebé que hurga en la papilla, pero lo dejé y pronto empezó a encontrarle el modo. Bastó con que lo corrigiera un par de veces para dominar la técnica. Se le fueron las horas ahí, hasta que tronó de pronto la voz histérica de la Tona que lo llamaba desde el jardín. El pobre Gordo, asustadísimo, dejó a un lado la piedra, se limpió las manos en el overol y acudió al llamado de su hermana. No fue fácil convencerla de que en lo sucesivo lo dejara ayudarme un rato por las tardes, pero con algo de insistencia y con el argumento de que para Horacio lo prioritario era terminar a tiempo el cuadro, no le quedó más remedio que aceptar.

Una vez terminada la mezcla de los colores tenía que dejar de darle largas al asunto y abocarme de una vez por todas a *La Morisca*. Una especie de pánico me impedía hacerlo. Quizá la presencia de la otra pintura oculta debajo de la lona, como un animal expiatorio al que se le tapan los ojos para no ver la muerte. Pero una noche, una de tantas que no podía dormir, frustrado y preocupado por el poco tiempo que quedaba, me decidí por fin. Tomé un cepillo de cerdas de alambre y un aspersor con aguarrás, quité de un solo tirón la lona, rocié el *David pastor* con el solvente e impulsado por una rabia muy profunda hacia mí mismo comencé a tallar.

# Segunda Parte

Escucho el gorjeo de pajaritos que se despiertan. Ha de ser un árbol abarrotado, que está que se cae de tantos pájaros y ruido. Al fondo, muy a lo lejos se oye la sirena de una ambulancia. Se acerca. Baja por la curva de la carretera y se apaga cuando llega al lugar en donde estoy.

Alguien me jala los párpados e introduce un haz de luz en cada pupila. Es una mujer. Me habla. Pregunta si la escucho, pregunta mi nombre. «Me llamo José Federico Burgos, me caí de allá, de aquella barda, estoy lastimado de la mano derecha, ayúdeme». Ella vuelve a preguntar si la escucho y me doy cuenta de que las palabras que digo no salen de mi boca. Las pienso como si las dijera, pero no las digo. «Mi mano está muy mal, cúrenla, no la corten. No la vayan a cortar, por favor. Soy pintor, no me vayan a cortar la mano». Me desespero tratando de explicar, pero se me hace nudo la lengua, como esas veces en que a uno se le sube el muerto y trata de gritar desde lo más profundo del sueño pero la voz no sale de la garganta.

—¡Despierta! —Me sacude la cabeza—. Trata de abrir los ojos, ¡mira para acá! ¿Me oyes?

—Va a convulsionar —dice otra voz, un hombre joven—, dame cincuenta de Fenitoína.

¿Que voy a convulsionar? Pero si yo no siento nada. ¿Se refieren a mí? Siento una descarga que me recorre de la cabeza a los pies, como si hubiera tocado un cable pelón. Ah, debe ser eso. Qué chistoso, es como si me hicieran cosquillas en el cerebro. Una cosquilla insoportable que borra todo lo que soy y me hace quedar en absoluto silencio. Me echo un clavado en la alberca del silencio y me quedo hundido, flotando en la oscuridad.

No sé cuánto tiempo pasa, pero de algún modo sé que es suficiente como para que los médicos hayan reparado las cosas rotas de mi cuerpo. Sé que estoy a salvo. Salgo a la superficie del sueño como una burbuja. Soy tan ligero que subo y subo sin dificultad por un mar transparente y lleno de resplandores.

Reviento a la superficie, pero todavía tengo los ojos cerrados. Decido quedarme así, percibir todo lo que pueda antes de que cualquiera se dé cuenta de que ya estoy despierto. Murmullo de gente, el llanto de un bebé, taconeo que reverbera en el suelo de una bóveda amplia, eco de iglesia o edificio colonial.

El aire huele a vendas recién desempacadas. El olor de la sangre y los desechos trata de esconderse, pero los antisépticos son un vestido demasiado pobre, raído, que provoca náuseas en su afán por ocultar la miseria de la carne enferma. Una corriente fresca llega por el costado. Árboles mecidos por el viento. El motor de un autobús allá en la calle.

Estoy en un pabellón alto de paredes blanqueadas con cal. Puedo ver un pedazo de cielo a través de una de las ventanitas enrejadas cerca del techo. Ha de haber unas veinte camas en el pabellón. Los compartimentos están divididos por cortinas que tapan apenas la estatura de una persona y de ancho solo llegan hasta la mitad de la cama. De inmediato volteo a ver mi mano para comprobar que siga ahí. La mano sigue en su lugar, pero cubierta por un armatoste de gasas tirantes sobre postes, como las tiendas de los beduinos. No me atrevo a intentar moverla.

Del otro lado hay una mujer que reza. Una monja de hábito blanco con un rosario entre los dedos. Aprieta los párpados y mueve los labios. Apenas leo que musita el «ahora y en la hora de nuestra muerte, amén» y vuelvo a cerrar los ojos, pero ella alcanza a darse cuenta.

—¡Ave María purísima! ¡Madre! Creo que el joven ya se despertó.

Me esfuerzo por fingir que sigo dormido, pero los ojos se me quieren abrir como si tuvieran resortes y me asaltan unas ganas inmensas de orinar. La monja que rezaba llega al pie de mi cama junto a una señora bajita y regordeta vestida de hábito café y lentes gruesos, bifocales.

—¿A dónde cree que va? —dice la madre cuando ve que trato de levantarme.

—Necesito ir al baño.

—¿De la pipí o de la popó?

—Tengo que orinar —le digo, y siento muchísima vergüenza.

—Ahí está el pato. No puede levantarse hasta que el médico lo autorice. Él ya no debe tardar, comienzan su ronda a las diez de la mañana. Hija, haz favor de ayudarle. La madre se da la media vuelta y se aleja. El vuelo de la túnica se alza en el aire, como las faldas de las niñas cuando juegan a la borranchina.

La enfermera de hábito blanco toma el recipiente de metal y mete las manos debajo de la sábana. Quiero detenerla, pero en la otra mano tengo conectado el suero y solo consigo enredar los cables con la sábana.

—¡Shshsh!, debe mantener esa mano abajo si no quiere que la aguja se tape y lo vuelvan a picar.

Toma con miedo mi miembro flácido y acalambrado por las ganas de orinar. Respingo ante su tacto y ante el tacto frío del metal sobre los muslos. Luego que relajo los músculos la orina lo va entibiando. Debo de tener la cara roja. Prefiero mirar hacia arriba. Sobre la cabecera hay una cruz de palo y un cartoncito pegado en la pared que tiene escrito con marcador: desconocido/traumatología/ dr. emmanuel hernández.

—¿Es el Hospital de Belén? —pregunto.

—Así es, ¿ya había estado aquí antes?

Niego con la cabeza.

—Solo de paso, alguna vez que vine al panteón a pintar unas acuarelas.

—Ah, ¡usted pinta!

Afirmo sin muchas ganas mientras ella levanta de nuevo la sábana y retira el pato con las manos temblorosas.

—Aquí luego viene a trabajar un pintor. Es un hombre muy bueno, creo que debería hablar con él. Tal vez eso le ayude. Yo podría decirle que venga a verlo para que platiquen. De verdad que es muy buena gente, ya verá. Además el padre Solís me asignó la tarea de rezar por usted y ayudarlo a encontrar de nuevo su camino. Creo que ese podría ser un buen comienzo, ¿no cree?

La miro con el ceño fruncido sin comprender nada de lo que dice.

—¿No quiere volver a Dios? Él, que dio su vida por nosotros. El padre Solís me dijo que lo llamara tan pronto usted se sintiera listo para la confesión. ¿Quiere que lo llame?

—¿Confesión? —digo con el ceño todavía más fruncido al mismo tiempo que niego con la cabeza.

—Debe reconocer que tiene suerte, señor… ¿Cómo se llama?

—José.

—Jesús cuidó de usted, señor José. Por algo quiere que usted siga en este mundo. Es un verdadero milagro. Es cierto que a veces la desesperación nos hace cometer errores que parecerían imperdonables, pero Dios es misericordioso, tardo para la cólera y abundante en bondad amorosa.

No sé qué es lo que tengo que hacer para que se calle. Me siento mareado. Estoy a punto de gritarle que me deje tranquilo, que soy ateo, comunista, que soy el mismísimo Satanás. Pero me contengo.

—Le confieso algo, señor José —me mira a los ojos, se acerca y dice con un hilo de voz—: Yo también lo intenté. Estaba muy desesperada. No encontraba ninguna otra salida y lo único que quería era dejar de vivir, entregarle mi alma a Dios y que él dispusiera. Me corté aquí y aquí —me muestra las cicatrices en sus muñecas y voy comprendiendo de qué trata todo este sermón—. Pero la bondad de Dios quiso que me encontraran todavía con vida y me salvé. Entendí que podía entregarle mi alma a Jesús sin necesidad de morir, porque la muerte es algo muy feo y yo…

Llora. La monja suelta un llanto ruidoso y percutido como carcajada. Se limpia la cara con las mangas del hábito. Siento mucha pena, no sé qué decirle para confortarla. Tendría que aclararle que yo no me quería suicidar, que si salté de aquella barda fue para escapar de la casa y salvar mi mano. Pero no puedo hacerlo.

—Perdóneme, señor José. No debería ser tan débil. Se supone que yo estoy aquí para ayudarle a usted y mire…

Le sonrío. Ella se aspira los mocos y sonríe también.

—¿Me dejará ayudarle? ¿Dejará que le hable de usted al pintor que viene a trabajar en los murales?

Afirmo consecuente. Me toma con mucho cuidado la mano izquierda y miro sus ojos sofocados de llanto, pero aliviados por dentro.

—Gracias. Si me disculpa, tengo que retirarme porque ya va a pasar visita el doctor.

Se aleja con los hombros contraídos y el recipiente

todavía tibio entre las manos. La repulsión con que lo sostiene se parece al respeto con que se sujeta un cáliz.

Entra al pabellón el bullicio de un grupo de personas. Ha de ser el médico, acompañado por una decena de estudiantes. Las suelas de goma de sus zapatos blancos rechinan en el piso. Mi cama se encuentra casi hasta el fondo, faltan cuatro o cinco pacientes antes de que lleguen conmigo, pero se adelanta uno de ellos y entra en mi cubículo. Es demasiado joven. No ha de tener ni veinte años. Va directo a la hoja pegada en la pared, coteja algún dato con los formatos que lleva prendidos en una tabla con clip y todavía sin mirarme pregunta cómo me llamo. Escribe mi nombre en la tabla, ve la mano por encima de los vendajes y regresa con el grupo.

Conforme se acerca la voz del médico me voy sintiendo más y más nervioso, como si estuviera a punto de presentar un examen sin haber estudiado. Van a evaluar si soy o no apto para seguir viviendo, para recuperarme, para volver a sujetar un pincel. La voz del médico es firme y habla con acento golpeado, no se anda con miramientos, aunque de vez en cuando hace alguna broma que es celebrada por la risa a tono de sus discípulos.

Llega al pie de mi cama con la vista clavada en el informe. Me acorralan los estudiantes, pendientes de él y no de mí.

—Y luego, pues qué te pasó, José… ¿Te querías bajar del carrito antes de tiempo? ¡Mira nomás! Salió peor el remedio que la enfermedad. A ver esa mano.

—No, doctor, yo no quería suicidarme ni nada de eso —le digo mientras él retira las capas de gasa y descubre el fiambre tumefacto. El olor a carne podrida me voltea la cara como un puñetazo. Siento unas inmensas ganas de llorar.

—¿Ah, no? ¿Pues entonces cómo fue que quedaste tan

amolado? Aquí en el informe los paramédicos pusieron que te habías querido suicidar. Que te aventaste desde no sé dónde y te encontraron desbarrancado, ¿o no?

Se me salen los lagrimones y se me atora el llanto en la garganta. Niego con la cabeza vuelta al otro lado, que late como un corazón gigante a punto de reventar.

—Porque si lo que querías era morirte, me parece que es muy mala idea hacerlo por partes. Ve nomás, esto ya parece taco de moronga.

Toca la piel con una pinza y escucho salir de mi garganta un grito grave que retumba en las paredes. No puedo contener más el llanto. He de parecer una mariquita llorona. Lo que estarán pensando de mí estos malditos estudiantes.

—La verdad, a mí se me hace como que te pegaron— dice el médico, y todos hacen silencio en espera de que diga algo, pero me quedo mudo.

Se me apaga el llanto y solo queda el hipo.

—¿Con qué te pegaron?, ¿te acuerdas? ¿Te acuerdas de quién fue?

Mi cabeza se queda muda. No quiere dar explicaciones.

—Porque si te agarraron de piñata vas a tener que presentar tu declaración a la policía, eh. Hay que levantar cargos, para que te indemnicen como es debido, ¿me oíste?

No. Mi cabeza dice un «no» rotundo y automático. Escondo la mirada y decido mejor no hablar.

—Bueno, pues vamos a hacerle la lucha a esa mano a ver si se salva —dice más para sus alumnos que para mí—. Se colocaron dos tornillos en el tercer y cuarto metacarpo. Según la radiografía también hay fractura del hueso escafoides y del semilunar, con posibilidad de una artrodesisradiocarpiana. Si responde al antibió-tico, podemos seguir con los procedimientos de orto-pedia, de lo contrario, pues… vamos a tener que retirar la extremidad completa. Vale más salvar la vida que salvar el pedazo, ¿no cree? —me mira a los ojos menos de medio segundo—. El proceso inflamatorio está presente en todos los músculos y ligamentos. La necrosis todavía se limita a piel, esperemos que empiece a ceder de aquí a mañana… Santos, indique curaciones cada doce horas y que aumenten la dosis de Ciprofloxacino.

Yo me limito a leer su nombre bordado en la orilla de la bolsa de la bata, sobre el corazón. Las dos emes de Emmanuel y la hache de Hernández garigoleadas en hilo de satín. Sus palabras suenan tanto a desesperanza que prefiero no escucharlas, prefiero imaginar el trazo de una plumilla remarcando la caligrafía de esas letras que no me dicen absolutamente nada.

El médico pasa la hoja del expediente y se dirige al siguiente cubículo acompañado de todo su séquito, como rebaño de turistas paseando por un museo. Se olvidan de mí tan pronto se paran frente al siguiente cuadro y me quedo solo, con el olor de mi propia muerte encajado en las narices. «¡Que la corten de una vez!, que se la lleven lejos», pienso. Pero es pura desesperación. La necesito, es mía, tiene que resistir. Tiene que salvarse. Estoy temblando de miedo. Apenas pienso en que es mía y la veo yacer muy lejos, podría ser un cachorro atropellado o una paloma abierta por la mitad. Permanece inmóvil, completamente ajena a esta desesperación. El dolor es lo único que la acerca y la vuelve real.

Por la tarde vino a verme una enfermera de la universidad para hacerme la primera curación. Fue tan doloroso que devolví la sopa sin sal y la gelatina de limón que tanto me había costado deglutir. Luego de que la enfermera lavara las heridas con litros de yodo y gasas, la pestilencia por fin cedió, aunque literalmente chillé hasta el cansancio y me quedé dormido.

Me despierto con mucho frío y veo que ya es de

noche. Veo el cielo negro por la ventanita. Las lámparas de algunos cubículos están encendidas y predomina el silencio. Unas cuantas voces hablan en susurros. Me pregunto qué tengo que hacer para pedir otra cobija. Otras dos cobijas, veinte cobijas. Siento tanto frío que no se me quitaría ni acostándome sobre una cama de lumbre. Busco junto a la cabecera alguna campanita o timbre para llamar a la enfermera cuando veo que pasa por enfrente un hombre muy alto, vestido de traje sport con parches de piel en los codos y gorra de paño de lana. ¡Es él! El mismo que jugaba golf en el descampado, el hombre de mirada de duende. Se sigue de largo. Oigo que sus pasos se alejan por el pabellón y me levanto para seguirlo. Ahora tengo el brazo suspendido en un armatoste con ruedas que me permite salir de la cama. Las llantas se atoran cada medio metro, pero debo alcanzarlo. Necesito saber quién es, qué hace aquí.

Llego a la entrada del pabellón, pero no lo veo por ningún lado. Me asomo al extenso pasillo que rodea el patio. Los mosaicos a blanco y negro se pierden en un vórtice muy lejano pero él no está, tampoco el ruido de sus pasos. Me asomo a los otros tres pabellones que salen de sus costados. En todos encuentro el mismo panorama de silencio, susurros, quejidos y sábanas blancas. No hay nadie además de los enfermos. Me detengo en la cúpula central. En uno de los extremos hay un andamio con tablones y alguien está trepado allá arriba. Lo llamo y le pregunto si no ha visto pasar a un hombre alto. ¿Es él…? No. No es él. Solo se parece: los lentes gruesos de pasta, el porte. Viste una bata gris manchada de colores y tiene una brocha en la mano. Estaba pintando. Baja del andamio.

—¿Se encuentra bien? —me pregunta—. ¿Quiere que llame a la Hermana Juanita? Ella es la enfermera de guardia. Si necesita algo le puede ayudar.

—No es necesario, gracias. Le preguntaba si no vio

pasar a alguien por aquí hace dos minutos. Un hombre como de su estatura, vestido de traje y gorra.

—No, con toda seguridad que no. Me extrañaría de ser así, porque la hora de visitas terminó hace mucho.

—Era como de su edad y llevaba unos lentes parecidos a los suyos.

—Le aseguro que por aquí no ha pasado nadie en el rato que he estado pintando. Por qué no me deja que lo acompañe a su cama —dice al tiempo que baja del andamio sujetándose de los travesaños—. Me parece que no debería estar levantado a estas horas. Está convaleciente y debe descansar.

—¿Usted es el pintor de estos murales?

—Así es, Gabriel Flores, para servirle.

—Tiene un trazo magnífico.

—Le agradezco —sonríe y alzamos la vista para mirar en torno a la cúpula. Exhala todo el aire, en señal de cansancio—. Tal vez todavía hagan falta años de trabajo, pero creo que valdrá la pena.

—Por supuesto que valdrá la pena, no me cabe la menor duda.

—¿Usted se dedica a algo relacionado con el arte?

—También soy pintor, solo que de copias renacentistas... Bueno, tal vez debo decir «era» —señalo con mi vista la mano suspendida en el armatoste.

—¡Qué horror! ¿Pero qué le sucedió?

—Ya ve. Accidente de trabajo.

—¡Es una verdadera desgracia! ¿Qué diagnóstico le dio el médico? ¿Podrá recuperar la movilidad?

—No saben todavía. Tengo varios huesos rotos y... al parecer todavía hay riesgo de... de que no se salve.

—No diga eso, no sea pesimista. ¿Quién es el médico que lo está atendiendo?

—Se llama Emmanuel Hernández —me viene de inmediato a la mente la caligrafía bordada en su bata.

—Oh, no se preocupe usted, así es él de fatalista. Procura no dar falsas esperanzas a sus pacientes y en ocasiones exagera un poco. Pero pierda cuidado, está en las manos de uno de los mejores traumatólogos y con toda seguridad se recuperará. Eso sí, debe seguir el tratamiento al pie de la letra.

Suspiro. Este hombre tiene más pinta de doctor que todos los médicos que he conocido en mi vida. Tan solo de escucharlo me siento un poco más aliviado. Al menos me aligera la angustia.

Vamos hacia uno de los bancos del patio y nos sentamos. Es una noche de cielo despejado y canto de grillos entre los rosales. De vez en cuando pasa fugaz la sombra clara de algún murciélago.

—Renacentista, ¿eh? Yo en mis tiempos de estudiante pinté varios cuadros del Renacimiento, supongo que no estaban mal para ser un ejercicio de escuela, pero nunca me gustó. Apegarme a una forma realista, predecible, me hacía sentir como atrapado dentro de una caja. Además, nunca me pude limitar al lienzo. Como podrá ver, mi brazo está acostumbrado a dar brochazos más impetuosos. Mi mujer dice que es un alivio haberse casado conmigo porque si fracaso como artista, como pintor de brocha gorda podría cumplir con el gasto.

Se ríe con soltura. La verdad es que ya está bastante mayor y debe costarle mucho subir, bajar, cargar botes de pintura y extender por las paredes esos brochazos impetuosos de los que habla.

—Si usted quiere, puedo mostrarle lo que estoy haciendo.

Me enseña en perspectiva el plano en el que trabaja. Es una cúpula sobre cuatro arcos de cantera. Ha pintado un cielo nocturno con estrellas en fuga. Parece una escena del Apocalipsis.

—En el borde de ese arco estoy pintando una ciudad

en llamas, y de este lado, más o menos por la mitad, pintaré un cuerpo desmembrado que cae de la claraboya. Un cuerpo que se revienta de tanta luz que tiene dentro.

—Interesante.

—¿Por qué no me acompaña?

Lo sigo y subimos a lo alto del andamiaje. Abre una lata de pintura amarilla, la revuelve con un agitador y limpia sobre su bata las cerdas húmedas de la brocha que luego me entrega.

—Usted ayúdeme a pintar el fuego y luego que seque yo pintaré encima la silueta en cenizas de la ciudad en llamas. Mientras, yo iré trazando el esqueleto que cae del sol.

Tomo la brocha y comienzo a embadurnar la pared de color amarillo. Al principio el color es plano, como si estuviera cubriendo el muro de una casa, pero poco a poco el amarillo va tomando el sentido de fuego en mi cabeza y comienzo a darle forma. Siento la libertad de mis movimientos, se apropia de mí la figura y me extiendo todo yo para esparcir la pintura libremente, para ser la llamarada que cubre a una ciudad, con sombras y matices de humo. Siento un calor muy agradable, como si estuviera caminando entre las flamas. El calor me hace sudar y respiro agitado por lo enérgico del movimiento que involucra todo el cuerpo, desde el torso, los brazos y las manos.

Observo al maestro Gabriel trabajar en la figura del esqueleto. Traza sobre la superficie cóncava la forma de un cuerpo que cae hecho astillas en el aire. El cuerpo duplica en tamaño el de su persona y se encuentra tan cerca de él que parece sobrenatural la manera en que la imagen final cobra perspectiva con unas cuantas pinceladas estratégicas.

Cuando termina pone a remojar las brochas y los pinceles en un bote y bajamos del andamio. Me ofrece un cigarro, se recuesta sobre el piso de losetas a blanco y negro. Contempla el trabajo. Me recuesto al lado de él con los brazos detrás de la cabeza.

—Es un buen fuego —dice.

—Gracias, pero no se compara con el esqueleto que usted pintó.

—Podría decirse que tienes el don de expresar la naturaleza de las cosas. *Tú no eres un vil copista, podría decirse que eres un poeta...*

—Qué curioso... esas son las mismas palabras que dijo él.

—¿Él? ¿Quién él?

—Horacio, el anticuario.

—¿La persona para la que trabajabas?

—Sí, él es la razón por la que estoy aquí. Él me lastimó la mano.

Al acordarme de la mano volteo a verla pero ya no está. El muñón vendado llega hasta la muñeca. Muevo el brazo y siento la ausencia de peso de la mano. Es un torpe garrote agitado en el aire. Me incorporo muy asustado y miro hacia todos lados como si alguien acabara de llevársela.

—Tranquilo, hijo, ya cálmate —dice el maestro Gabriel, pero yo me revuelco en el piso como si me estuviera ahogando.

—¡Me la quitaron! —grito—. ¡Me cortaron la mano!

Don Gabriel me arrastra hacia uno de los extremos de la cúpula hasta quedar ambos apoyados contra el muro.

—Cálmate ya, no exageres, no es tan malo. Puedes pintar con la otra.

Extiendo la mano izquierda, completamente sana. La observo, abro y cierro varias veces los dedos. ¡Es cierto! Mi mano izquierda funciona. Todas las habilidades de la mano derecha fueron transferidas a la mano izquierda sin que yo me diera cuenta. Sería perfectamente capaz de pintar cualquier cosa con la mano izquierda. Me siento aliviado. Mi corazón se calma. No me canso de mirar la mano que se cierra y se abre, que dibuja y escribe con movimientos imaginarios.

—Perdóname si sueno entrometido —dice don Gabriel—, pero ¿qué fue lo que te pasó?

Trato de hacer memoria lo mejor que puedo, de unir los fragmentos de pasado que están dispersos, confundidos en mi cabeza. Tomo un respiro profundo antes de comenzar a hablar.

—Tengo un poco borrada la cinta, pero a ver… Estaba trabajando en la casa de Horacio, el anticuario. Me contrató para copiar a *La Morisca,* una tabla del siglo xvi atribuida a Mabuse. Todo iba bien, aunque con altibajos. Me las había ingeniado para resolver el problema del encierro de la tabla de una manera muy simpática. Verá, la tabla estaba encerrada a piedra y lodo dentro de una capilla. La tabla para la copia estaba afuera, en la misma casa, pero del otro lado, en el taller. Había tenido que copiar de memoria gran parte del cuadro, hasta que se me ocurrió preparar con imprimatura una decena de bastidores que encontré por ahí. Pósteres de la Virgen, de paisajes y payasitos tristes que estaban arrumbados, los cubrí de imprimatura y sobre ellos fui pintando algunos de los fragmentos más complicados del cuadro. En cada bastidor copiaba pedazos de aquí y de allá, comparaba pruebas de color, de pincelada, calaba las veladuras, las pátinas…

—Como una hormiga.

—Claro, sí, como un mochomo. Iba transportando en la cabeza los fragmentos de la pintura para ensamblarlos afuera nuevamente sobre una tabla que era más o menos de la misma época, poco más antigua, la cual por cierto tuve que borrar con todo el dolor de mi alma… Pero me estoy alejando del tema. Le contaba que todo iba más o menos bien. Había terminado de fondear los colores base y estaba trabajando en los detalles de la copia. Bueno, la verdad es que se trataba de una falsificación. Ni más ni menos. El anticuario, que en ese momento andaba de viaje, quería hacer pasar la copia por original ante los legítimos herederos de la tabla de Mabuse, imagínese lo que eso significaba para mí. Tenía que igualar a la perfección no nada más los detalles y el desgaste, las grietas, sino el sentido total del cuadro, el aire, ya sabe, esa especie de huella de identidad que dejamos en las cosas que hacemos sin darnos cuenta. Y era justo eso lo que no estaba saliendo bien.

—Tú seguías siendo tú, en lugar de ser *el otro*.

—¡Exacto!, sí. Solo que en ese momento todavía no me daba cuenta, pensaba que sería algún defecto de la técnica o de los colores… Fue por ese entonces cuando me encontré con ella…

—¿Ella? ¿Quién ella?

—Isabel. La madre del anticuario.

# 6.

Fue el día que cayó el primer aguacero de la temporada. Ya conocía su nombre porque lo había leído en un cuadernito que encontré mientras esculcaba una de las cajas arrumbadas en el taller, llena de álbumes, postales y cartas.

Mi nombre es Isabel, pero se escribe con jota. Después de todo la jota y la i se parecen tanto como me parezco yo a Jezabel, la maldita. Debería esperar a que en cualquier momento aparezca el profeta de Dios y me condene, que me arrojen por la ventana los eunucos para que mi cadáver sea comido por los perros, que de mí solo quede el cráneo y las manos y los pies para escarmiento de los impíos. Pero eso no va a suceder. No va a venir ningún profeta, ni habrá perros que se coman mi carne. Lo único que puedo hacer es esperar a la muerte, así como quien espera en la estación a que llegue el autobús, como quien se sienta en el zaguán de su casa nada más a ver pasar la tarde para que se haga de noche y refresque. Ese mismo alivio espero yo del tiempo.

Como le decía, yo andaba preocupado porque mis esfumatos no se acercaban ni de lejos a los del original. Había hecho pruebas y más pruebas con diferentes pinceles, con todos los solventes que tenía a la mano, pero debía de ser otra la técnica que se necesitaba para hacer que las veladuras se hicieran humo. Entonces me acordé del truco de la vejiga de chivo que don Lorenzo me enseñó en los años que estuve con él en Tepotzotlán. Había que curarla en alcohol y usar la vellosidad de la capa interior de la piel para difuminar la pintura.

Era así como don Lorenzo pintaba las encarnaciones de los estofados. Encorvado durante horas sobre la carita de algún ángel o santo, acariciándole las mejillas con la piel de vejiga y tacto de nube. Cada tanto se la llevaba a la boca para humectarla con saliva y entonces yo caía en la cuenta de que era la vejiga de un chivo y me llenaba de asco y de asombro.

Cuando me acerqué a la cocina para pedir a la Tona que me hiciera favor de conseguir una vejiga de chivo en el mercado, ella no se dignó siquiera a levantar la mirada de la cacerola de rajas con crema que meneaba con un cucharón. Comenzaba a entender sus modos, así que mejor me fui a sentar a la terraza y no dije más. A los pocos minutos se acercó para dejar el pan y el café.

—Y cómo piensas que voy a conseguir yo una tripa así.

—No sé, le puede preguntar al carnicero, ¿no?

—¿Me viste cara de andar hablando con los carniceros? —dijo con su voz hombruna y con el tonito de siempre, hostil pero medio en broma.

—No se enoje, Tona. Yo lo decía porque me he dado cuenta de que es experta en elegir buenas piezas de carne y pensé pedirle el favor.

—Pues no sé. Voy a ver. Pero ni creas que yo voy a preparar esa mugre, eh. Soy la cocinera de los señores, no estoy aquí para cumplir los caprichos de los empleados. Si tanto antojo tienes de comer menudencias, por qué no mejor vas a donde las preparan.

Me dio risa.

—No, si no la quiero para comérmela, la necesito para la pintura.

Ella frunció el ceño, hizo los hombros hacia atrás como si hubiera visto una araña.

—Sí, se usa para... ¡Como un trapito! —Hice el gesto de limpiar una ventana en el aire—. De verdad que no la molestaría con algo así si no la necesitara tanto. Yo mismo iría a buscarla, pero ya ve que tengo el tiempo encima. Usted ha visto cómo ando de apurado...

—Bueno, pues siendo así, voy a ver qué encuentro —se hizo las trenzas para atrás y regresó a la cocina.

Cuál va siendo mi sorpresa al día siguiente cuando llego a desayunar y encuentro un chivo atado a la pata de la silla, vivito y balando.

—¡¿Y ahora...?!

—No estaba segura de cuál era la tripa que necesitabas, así que mejor te traje al animal completo.

—Pero... está vivo.

—Ese es tu problema, papacito. Tú me pediste una vejiga de chivo y ahí está, adentro, en alguna parte, llena de pipí.

Me rasqué la nuca confundido. ¿Lo habrá hecho adrede?

—Pues ni modo, haremos birria —dije y me senté a la mesa, con el chivito a un lado, tironeando de la cuerda.

—¡No es mala idea, fíjate! Tengo la receta de mi comadre de Sayula que prepara la mejor birria que haya existido jamás. Si me dejas bien limpiecita la carne, capaz que hasta me animo a hacerla.

Si lo que quería era preparar birria por qué carajo no compró el chivito muerto, caray, quise reclamarle, pero más valía dejar las cosas de ese tamaño.

El Gordo llegó como todas las mañanas por su plato de fruta y le pedí que volviera cuando acabara de darle de comer a la guacamaya. Cuando terminé de desayunar, le pedí a la Tona un cuchillo, una piedra de afilar, una cuerda y una palangana. Mientras esperaba al Gordo me puse a sacarle filo al cuchillo.

Como de costumbre, cuando le indiqué al Gordo que me ayudara a sacrificar al chivo él hizo como que no entendía. Se quedó quieto, mirando al animal de reojo con las pupilas inquietas. Le expliqué una y otra vez lo que tenía que hacer pero no reaccionaba. Le puse el mango del cuchillo en la mano y por enésima vez le di la indicación. Entonces me di cuenta de que temblaba. Dejó caer el cuchillo al piso y corrió a esconderse.

La cocinera se rio y se asomó sobre la barra:

—Hasta crees que el Gordo te va andar ayudando con eso. Nombre, déjalo, él no puede hacer esas cosas.

Yo de niño había aprendido a sacrificar pollos en el rancho, pero nunca maté un animal más grande que eso. Había visto cómo mis tíos sacrificaron una vez a un puerco. Lo sujetaron entre cuatro o cinco y le apuñalaron el corazón. Los chillidos del animal se me clavaban como agujas en las orejas. Eran tan fuertes y desesperados que podían oírse en todo el pueblo.

Pero el chivito era apenas del tamaño de un perro mediano, así que decidí usar el mismo método que usábamos para las gallinas. Lo até de las patas y lo llevé al fondo del jardín, debajo de los árboles, donde hubiera tierra seca que absorbiera la sangre. Colgué al animal de las patas traseras de modo que quedara pendiendo a unos treinta centímetros del suelo y cavé un agujero poco profundo debajo de él. No balaba. Parecía estar a la espera de algo. Agitaba la cola como cachorro contento.

Me acuclillé junto a la cabeza y empuñé el cuchillo. Quería que sufriera lo menos posible, así que sin dar más largas le sujeté las orejas con una mano y encajé el filo debajo de la mandíbula para cortar de tajo la garganta. La sangre manó con fuerza sobre la tierra. Las gotas que me salpicaron el pantalón y los zapatos se confundieron con las manchas de pintura. Sin soltar la cabeza del animal miré hacia arriba. El sol entre las ramas de los árboles. Entonces comenzaron los estertores. Las patas delanteras subían y bajaban como una palanca. El cuerpo se contraía todo para exprimir la vida que le quedaba. Cuando por fin estuvo completamente lacio desaté la cuerda y colgué al animal con los cuartos separados, a una altura más adecuada para destazarlo y quitarle la piel.

La visión de la sangre me había agitado el pulso y tenía crispados los cabellos. Diseccioné con cuidado el vientre y las vísceras comenzaron a salir a la luz. El olor pesado de los intestinos me embotó la cabeza como si estuviera aspirando solvente. Dejé que las vísceras cayeran al agujero en la tierra, junto con la sangre, y aparté en la palangana el corazón, el hígado y la vejiga.

Iba hacia la llave de agua para lavarme las manos cuando la vi.

Caminaba por el jardín con zapatillas de tacón alto. Sujetaba los vuelos de un vestido de tela liviana color ciruela sin separar la vista de los pies. El cabello recogido en lo alto de la cabeza, la piel blanquísima le resplandecía bajo el sol como el fantasma de una fotografía muy vieja. Se detuvo delante de la boca de la gruta, abrió la reja y encendió una veladora. Emparejó las manos sobre el pecho y se puso a rezar en voz baja, con murmullos que yo, escondido detrás de los árboles, era incapaz de oír. Parecía una escultura fúnebre de las que adornan los panteones. De vez en cuando apretaba los párpados como para contener aguijonazos de amargura, aunque eso tal vez me lo imaginé yo, sería difícil que alcanzara a verlo en la distancia.

Como no quería interrumpir su rezo, volví sin enjuagarme a terminar con el trabajo. Aunque era la primera vez que le quitaba la piel a un animal, no me pareció tan difícil. Lo duro fue que el calor empezó a arreciar. A los cinco minutos estaba bañado en sudor y las moscas me mordían la frente, los brazos; se hacinaban en el charco donde estaban las vísceras y la sangre. El olor cada vez era más inmundo.

De un momento para otro, pesados nubarrones se agolparon en el horizonte. Tenía que darme prisa. Tronaba como si hubiera grandes rocas batiéndose dentro de las nubes. La luz se volvió gris amarilla, amarilla gris. Ya estaba desatando la cuerda de donde colgaba el chivo cuando los primeros goterones empezaron a golpear la tierra, pero en lugar de correr a guarecerme preferí dejar que el aguacero se llevara de una vez por todas la suciedad de la sangre, el sudor y las moscas.

Aquel repentino frescor me puso loco de contento. Tenía ganas de correr, de saltar sobre los charcos, de tragarme las gotas gordas caídas del cielo. Pero cuando salí al claro del jardín me tuve que parar en seco: ella seguía donde mismo, frente a la boca de la gruta, doblada sobre sí como una letra deslavada por la lluvia.

Dejé la bandeja con la carne sobre la encimera de la cocina, tomé un paraguas del perchero del corredor y fui por ella. La cubrí con el paraguas, le ayudé a ponerse de pie. Cuando vio que nos acercábamos a la terraza puso rígido el cuerpo y se negó a avanzar. Sus huesos parecían hechos de un material blando y flexible. «Vamos adentro, le va a hacer daño el frío», le decía yo. Pero ella se aferraba al piso con los pies descalzos. «No quiero volver a la casa», dijo. Entonces fuimos a guarecernos al taller.

La tormenta arreció y hasta cayó granizo. Los transformadores tronaron y nos quedamos sumidos en la grisura de la tarde, con el jardín estilando sombras frente a nosotros. No sabía qué decir. No me atrevía a abrir la boca. Quité la sábana de la cama, se la eché sobre los hombros y la llevé a sentar a la salita. Luego fui a la cocina por alguna cosa caliente para que se la bebiera. Cuando estaba frente a la estufa, esperando a que hirviera el agua, pensé: «Es como un pajarito mojado», y sentí mucha lástima y mucha ternura.

Le puse la taza entre las manos y le pregunté si necesitaba algo. Negó con la cabeza. Negó también cuando le pregunté si quería que fuera a buscar a la Tona, si quería ponerse algo de ropa seca, si tenía hambre. Dejé que extraviara los ojos en la lluvia tanto como quisiera y me puse a seguir con lo mío. Debía aprovechar la poca luz que quedaba para lavar bien la vejiga, enjuagarla en el chorro de la llave, quitarle las adherencias con una navaja. Finalmente la sumergí en un frasco de Nescafé que había llenado con un tequila corriente que encontré por ahí, en una botella sin etiqueta.

La lluvia comenzó a amainar. Isabel se puso de pie, dio un par de vueltas por el taller y fue hacia la tabla donde estaba haciendo la copia.

—Es ella, ¿verdad?

—¿Quién ella?

—Ella. Nut.

—¿La Morisca?

—Nut, Urda, *La Morisca*... son lo mismo.

—Sí, bueno, esta es una copia. ¿Recuerda que le dije?

—¡O sea que...! ¡Pero eso no es posible! Cuando me dijiste que Horacio te había contratado yo me imaginé que sería para copiar otra vez su Modigliani o algo de Remedios, qué sé yo, otra cosa. Nunca me imaginé que fuera ella.

«Qué curioso. Se refiere a la pintura como si fuera una persona», pensé.

—Me la imaginaba muy distinta —dijo examinando la cara de la pintura.

—¿Quiere decir que no la conocía?

—No.

—Pues se supone que debe ser idéntica a la original, si no pronto voy a estar frito.

—¿Pero para qué iba a querer mi hijo que copiaras *esa* pintura? No entiendo. ¿Con qué fin?

—No sabría decirle —mentí—. Lo único que sé es que tiene que estar lista en menos tiempo del que necesito para terminarla. Pero me sorprende que no conozca la tabla original. Si quiere puedo mostrársela.

Dudó unos segundos.

—¿De verdad podrías hacer eso?

—Claro, tengo las llaves de la capilla. Vamos y se la muestro. Al fin que allá no hay otra manera de alumbrarse más que con velas.

—Pero es que no… no quiero que me vean allá afuera. No quiero que allá afuera se enteren de que estoy aquí, con usted.

—¿Lo dice por la señora Tona?

Asintió.

—No se preocupe, creo que salió. Hace rato que fui a la cocina no estaba. ¿Quiere que me asegure?

Asintió de nuevo. Se la veía llena de miedo. Terminé de recoger y fui a la casa. Llamé varias veces a la Tona sin obtener respuesta. No estaba. Volví al taller por doña Isabel. La tomé del brazo y con la otra mano sostuve el paraguas. Entramos en la capilla, encendí los cirios y la observé contemplar la pintura, arisca, como los gatos cuando se enfrentan a su propio reflejo.

Me acerqué yo también para observar la pintura por enésima vez, solo que ahora sin el propósito de copiar tal o cual detalle. Pude ver la imagen completa con otros ojos, con la mesura del guía que muestra una ciudad que conoce de sobra. Ni cuándo me fuera a imaginar que esa sería la última ocasión en que la vería.

—¿Crees que ella sea mejor que yo?

—De ningún modo, señora, una obra de arte no puede valer más que una persona.

Se encogió sobre los hombros y se echó a llorar. No me quedó de otra que ofrecerle mi abrazo y recibir los estertores de su llanto. Un llanto violento como de funeral, amordazado por la vergüenza.

Esperé a que se calmara y le dije que teníamos que volver, la Tona podía llegar en cualquier momento. Me asomé a la terraza para ver que estuviera despejado. El gris de la noche ya próxima se iba haciendo más pesado sobre nuestras cabezas. Íbamos a poner los pies en el jardín cuando escuchamos el ruido de la puerta de entrada. Doña Isabel me jaló de inmediato hacia adentro de la casa. Apenas me dio tiempo de cerrar el paraguas. La seguí por el corredor. Más allá de su puerta y de la puerta del cuarto de Horacio, había una salida que llevaba a un patio que no conocía. Un patio vacío, cerrado por el muro trasero de la casa, a la izquierda estaba el ventanal de la recámara de Isabel y en el otro extremo un árbol solo, una jacaranda de tronco retorcido junto a un montón de cántaros grandes, arrimados contra la pared.

En la esquina del patio había un pasillito de medio metro de ancho que llevaba hacia el jardín. Por ahí pudimos llegar al taller sin que la Tona pudiera vernos.

El viaje furtivo por la casa le había infundido un ánimo nuevo a Isabel. Tenía las mejillas rojas y le brillaban los ojos, todavía vidriosos por haber llorado. Se sentó con las rodillas recogidas en uno de los sillones Miguelito junto a la ventana y exhaló un suspiro muy hondo. Se me figuró que estaba excesivamente cansada.

Después de un rato me pidió pasar al baño. Me adelanté para limpiar cualquier rastro de descuido, lo bueno que estábamos casi a oscuras y no se notaría el desorden. Bajé la palanca, descolgué unos pantalones que estaban en el toallero y le dije que podía pasar.

Oí que abrió la regadera. Iba a tardar. Busqué entre las estanterías algo con qué hacer luz y encontré una cachimba vieja que llené de petróleo. La encendí y la puse en la recámara para que ella pudiera cambiarse. Eran casi las siete, no había comido nada desde el desayuno y la lluvia me había despertado el hambre.

—¡Qué tormenta, Jesús santísimo! —exclamó la Tona al verme entrar a la cocina. Estaba guardando el chivo en una bolsa para meterlo al refrigerador—. Si nomás íbamos por unos chiles a Atemajac y en eso que nos cae el aguacero. Se pone tan feo por allá... todas las calles inundadas, las coladeras echando agua hasta por acá —puso su mano como a un metro del suelo—. Y a mitad del arroyo que se le apaga la camioneta al Gordo. No hay nada que hacer con ese hombre. Es un inútil. Me tuve que venir en taxi. Nomás espero que no se haya desbordado el canal, porque entonces sí se lleva al Gordo con todo y todo.

—Híjole, Tona, lo bueno es que ya está usted aquí. ¿Pero y él? ¿No necesitará que le ayude?

—Nombre, qué. Déjalo que se haga bolas. Lo que necesito es que me ayudes con la luz. Siempre que hay apagón se funden los fusibles. Nomás es cosa de cambiarlos, pero yo le tengo miedo a los cables. Ándale, ven...

Entramos al cuarto de lavado y la Tona señaló dentro de un armario una caja roja de metal.

—Ahí hay fusibles y herramientas.

Esculqué dentro de la caja mientras ella empezaba a desbaratarse los listones de las trenzas mojadas.

—Acá arriba está el *switch*.

La seguí por la escalera de caracol. Por más que la casa fuera perfectamente armoniosa, el cuarto donde vivía la Tona era un verdadero cuchitril, desordenado y sucio. El suelo de cemento cuarteado, la cama destendida, una montaña de ropa hecha bola en una silla. En un tocador con luna se disputaban el espacio la tele a blanco y negro y un sinfín de colguijes, listones y baratijas, enredados entre botes de cremas y perfumes rancios. Sobre las paredes, además de la cruz sobre la cabecera y el altarcito con una Virgen de Zapopan y un Niño Jesús, colgaban en gancho sus trajes de pesado terciopelo negro con bordados multicolores que dejaban asomar por debajo los encajes de la faldilla, cada traje enfundado en una bolsa de hule turbio y polvoso. Salimos a la azotea y fue un alivio respirar de nuevo el aire claro de la lluvia.

Había un tejabancito que le hacía sombra al lavadero. Era ahí donde estaba la caja de los fusibles. Bajé la palanca y abrí, no sin cierta cobardía. Los tapones de vidrio estaban completamente achicharrados, desprendían un olor acre y azul.

—Una vez, cuando estaba chiquita, se nos fue la luz allá en casa de mi mamá y por querer arreglarla toqué los cables pelones —dijo la Tona alumbrando el interior de la caja con una linterna de baterías por encima de mi hombro—. No, hombre, ya mero me electrocuto. Desde entonces le agarré miedo yo a estas cosas.

—¿Y tiene más hermanos o solo son usted y el Gordo? —le pregunté mientras desenroscaba el primer fusible con ayuda de las pinzas de punta.

—En mi casa éramos diez. Nosotros dos fuimos los últimos, pero como el Gordo estaba malito a mí sola me tocó cuidar a mi mamá. Así se acostumbra allá, en Juchitán, al más chiquito le toca aprender todo lo que se necesita para llevar una casa como Dios manda. Yo antes de aprender a hablar bien ya sabía atarme el refajo, prender la lumbre y limpiar los frijoles. Luego uno le va agarrando el gusto y le da por arreglarse. Hay unos ahora que hasta se operan.

—¿Y luego, qué la trajo por acá tan lejos? —Quise hacerle plática, apenas iba por el segundo fusible.

—Mi mamá se me murió muy joven. Le descubrieron un cáncer y ya no hubo manera de salvarla. Yo me la vivía al pie de su cama lidiándola de día y de noche. La enterramos el mero día de mi cumpleaños. Estaba por cumplir los quince. Iban a hacerme fiesta, pero ya no se pudo. Como todos mis hermanos se habían casado, yo no tenía nadie más a quién atender, así que nos vinimos el Gordo y yo para acá con un tío que trabajaba arreglando jardines. Y aquí estamos desde entonces.

—Ya deben ser sus buenos años, ¿no?

—Cumplimos cincuenta y cinco el mes pasado. Don Lacho hasta me trajo mariachis y un ramote así de flores.

—Ya casi le llega a la jubilación.

—Pues sí, pero yo no quiero jubilarme. No tiene caso, no tengo más a dónde ir. Algunos de mis hermanos ya se murieron, otros se fueron a los Estados Unidos. Mi hermano mayor, el que vive en Los Ángeles, me ha dicho que me vaya para allá con él, que abramos un restaurante típico. Pero pues nada más puedo ir yo. El Gordo no podría pasar la frontera. Además aquí me necesita la señora. A ella no la dejaría sola por nada del mundo. Yo siempre digo que fue el destino. La vida me quitó a una madre para darme otra nueva a quien cuidar. Porque no importa que ella sea casi de mi edad, apenas si me lleva tres años, de todos modos para mí es como si ella siempre hubiera sido mi verdadera madre.

—¿La señora está… enferma o algo así?

—No, qué va. Para nada. Ella nunca se ha enfermado. La única vez que se puso muy mala fue cuando nació Lachito. Hubiera visto cómo le batallamos… Casi no la cuenta. Y peor tantito, que el nene estaba todo ñengo, no quería comer. La pobre estaba más seca que arrollo de abril.

—Le preguntaba porque ella casi nunca sale de su cuarto, ¿verdad?

—Desde que se murió don Sócrates ha sido así. La hubieras conocido cuando jovencita. Era tan alegre…

—¿Ah, sí?

—Contaba don Sócrates que escribía unos poemas muy bonitos. Y eso que no la tuvo fácil, eh. Podrás pensar que porque son familia rica, pero ella de joven le batalló lo que solo Dios sabe. Quedó huérfana desde los doce años. A sus papás los asaltaron unos bandidos en la carretera. Su tío era un gañán que en tres patadas se malgastó su herencia y nunca más lo volvieron a ver. Pero a pesar de todo, ella siempre fue una mujer muy piadosa. Yo le agradezco tanto a Dios que la pusiera en mi camino. A veces pienso en qué hubiera sido de mí de no haber sido por ella.

—¿Entonces desde que llegó a la ciudad empezó a trabajar en esta casa? —Terminé de atornillar los fusibles y me puse a cambiar la cinta aislante de los cables que estaba toda llena de polvo y telarañas.

—No, yo primero llegué a la casa de don Sócrates, pero ahí su mamá no me quería. Por como soy yo, ¿ves? Me trataba muy feo. De cualquier cosita se enojaba y decía que me iba a echar a la calle. Yo le tenía miedo porque era medio bruja, si planchaba mal una camisa me daba de manazos y decía que la lechuza iba a venir a comerme los ojos. Pero por entonces don Sócrates conoció a Isabel, un día que ella estaba vendiendo dulces en el atrio de la iglesia de Chapalita. Llegó y le preguntó su nombre, y que dónde podía encontrarla de nuevo. Ella le dijo que estaba con las monjas capuchinas y allá fue él a buscarla al día siguiente para pedir su mano. Tuvieron una boda tan bonita… Cuando se fueron a vivir juntos le pidió a su marido que me dejara ir con ellos. Ahí todavía estábamos en la casa de Santa Tere. Luego que nació el nene y construyeron esta casa nos vinimos para acá. Pura dicha en esos tiempos. Ella se iba a fiestas, al club o de pronto llegaba y me decía: «Tona, el domingo vamos a tener un cóctel para doscientas personas», y ahí me tienes, como loca preparando los bocadillos, los manteles, las copas…

—¿Y luego, qué le pasó?

—El señor, que se murió, ya ves…

—Pero ya pasó mucho tiempo desde entonces, ¿no cree?

—Hay veces que no se descansa ni con la vida ni con la muerte. Tal vez si el señor se hubiera muerto normal, como cualquier gente, ella podría descansar, pero pues eso es lo malo, que él ahí sigue.

—¿Cómo que ahí sigue?

—Bueno, o sea su alma, su espíritu. Tú me entiendes. A ver, súbele al *switch* para ver si ya regresó la luz.

Accioné la palanca, pero no pasó nada.

—Ha de ser que no han arreglado el transformador.

—Ya ni parece que vivimos en una colonia de ricos. Deja la palanca abajo, yo mañana temprano la subo con el palo de la escoba, no sea que cuando vuelva la luz se chamusquen otra vez los fusibles.

De regreso en su cuarto la Tona tomó un cepillo y empezó a peinarse los largos cabellos grises.

—Allá abajo en la alacena hay velas, agarra las que necesites, yo ya me voy a dormir que siento como que me va a dar resfriado. No me vayas a dejar mucho rato abierta la puerta del refri. Quién sabe a qué hora regrese la luz y me da pendiente que se vaya a echar a perder la carne.

Le di las buenas noches y emparejó la puerta. Bajé a tientas las escaleras de caracol y a tientas busqué las velas en lo alto de la alacena. Encendí una para alumbrar la cocina y juntar en un plato algo de fruta, pan y un pedazo de queso. Le soplé a la flama antes de salir pero regresé para guardarme bajo el sobaco una botella no supe de qué, podía ser ron, brandy Don Pedro o licor del 46, no podía ver nada.

Isabel había terminado de bañarse y estaba recostada, hecha bolita en la orilla de mi cama, con la bata de baño que usaba yo y que probablemente fuera antes de su marido o de su hijo. Tenía el cabello mojado, desparramado en la almohada. Miraba el sosiego de la llama de la cachimba. Le dije que había llevado algo de comer, por si quería, pero no quiso.

—¿No nos vio?

—No, acabo de hablar con ella. Tuve que subir a cambiar los fusibles. No tiene nada de qué preocuparse.

La dejé estar. Me fui para la sala y me serví un poco de eso que había traído debajo del sobaco y que tampoco supe distinguir por el sabor. Seguro sería una bebida cara, parecía jerez, pero menos dulce, más sabroso. Subí los pies a la mesa, me arrebujé con los brazos cruzados y me quedé ahí, oyendo las gotas que escurría la noche.

En la madrugada, quién sabe a qué horas, desperté engarrotado de frío. Sin pensar lo que hacía fui a meterme a la cama y me encontré con su cuerpo menudo y tibio. Al principio no se movió. Luego que me estaba quedando dormido se dio la vuelta y se me fue repegando, blanda y suave como una oruga en una rama. Con el rostro de ella tan cerca de mi rostro podía respirar su aire y acompasarlo con el aire que exhalaba yo, cada vez más entrecortado, cada vez más difícil de contener el bramido que empujaba para salir desde algún órgano difuso colocado en el centro de todo. «Solo lleva puesta la bata y nada más», pensé, y entonces ya no pude detenerme.

La besé en los labios y le tomé la entrepierna. Su carne se me deshilvanaba entre las manos. Me caldeaba la sangre saber que era ella, la irreal, la indescifrable. Era como estar todavía dentro del sueño, sin cortapisas que me impidieran ceder al ardor que me sulfuraba la sangre. Poco a poco se fue desatando la cosquilla profunda que me desentumió el deseo abandonado de meses. Montó a horcajadas sobre mí, y me dejé cubrir por el oleaje de su cuerpo.

Cuando desperté ella ya había abierto los ojos hacía quién sabe cuánto tiempo. Miraba al techo.

—Se está muy bien aquí —dijo—. Es diferente el silencio al que se oye allá en la casa. Ha de ser por el olor de la pintura. Hace que una se sienta como en una cabaña a mitad del bosque.

Arrimó su cuerpo caliente debajo de las cobijas y se ovilló en mi axila. Sentía vergüenza, resaca de su cuerpo viejo, pero en lugar de hacerle sentir rechazo la atraje y acerqué la nariz a su frente. La línea donde empezaban a nacer los cabellos tenía un olor como de mazapán o galleta que me hacía recordar mi niñez.

Ella se levantó primero, fue al baño, luego fui yo. Cuando salí al taller la encontré sentada en la salita comiéndose un puñado de uvas.

—Haces muy bien en tomarte el Oporto de mi marido —señalaba la botella en la mesa y sonreía—. Alguien tenía que sacarle provecho.

Se sentó con las piernas encogidas en uno de los sillones. Vestida con mi sudadera y mi pantalón, parecía una jovencita. Aparentaba mucho menos edad de la que debía tener o tal vez eso era lo que yo quería pensar para mitigar el remordimiento.

—¡Ya regresó la luz! ¿Puedes poner algo de música?

—Claro que sí, ¿qué quiere escuchar?

—Lo que sea. Algo alegre, pero que no sea escandaloso.

—Alegre pero no escandaloso —repetí—. Veamos…

—Me da igual, puedes poner lo que sea.

Puse uno de los que más escuchaba, el de Louis Armstrong, y me dijo que eso estaba bien.

Fui a la cocina por pan y café. El pasto estaba ensopado y tuve que quitarme los zapatos para cruzar. El graznido dichoso de la guacamaya llegaba desde el fondo del jardín y en el radio sonaba una canción de José Alfredo que la Tona repetía en voz baja, con exagerado sentimiento.

Manaban de la cocina olores de ajo y adobo. Los vapores del caldo puesto en la lumbre llegaban hasta la terraza con un dejo salobre y suculento como de sudor o de entrepierna.

—Buenos días, cómo amaneció de su resfriado.

—Ya mejor, gracias. Me puse anoche unos chiqueadores de papa en las sienes y en la mañana estaban hechos carbón. ¿Vas a desayunar? Porque todavía no tengo listo. Ando apurada con esto.

—No se preocupe. Tal vez más tarde. Por lo pronto nomás le robo un poquito de café.

—Ah, eso sí hay. Espérame que ahorita te lo sirvo.

Abrió el horno para meter una cacerola grande de barro tapada con hojas de plátano. Parecía ser una olla demasiado pesada para que una mujer pudiera cargarla, pero al hacer el esfuerzo para sostenerla a la altura de las rodillas los músculos de los brazos se le endurecieron y su gesto por un instante dejó ver sus rasgos de masculinidad.

Regresé al taller con el jarro de café y la canasta de pan. Isabel tomó una concha y se comió el azúcar de las orillas dando mordisquitos en silencio. Me sentía como un perfecto idiota. No sabía si debía decir algo con respecto a lo que había sucedido la noche anterior o si era mejor no decir nada. Le di un sorbo al café y le ofrecí el asa para que ella también tomara.

—Hacía mucho tiempo que no escuchaba música. No te imaginas cómo lo necesitaba.

—Entonces seguramente también le hará falta salir a bailar. Cuando quiera la invito a la Copa de Leche, al Casino Veracruz…

—Ay, cómo serás de bromista.

—¡Es en serio!

—Ni me digas, porque en una de esas te tomo la palabra, eh.

—Nada más deme chance de terminar la pintura y verá cómo sí.

—Pero es el colmo que un artista como tú esté pintando copias. Tienes mucho talento, José. Tú deberías estar pintando tus propios cuadros.

—Favor que me hace. Lástima que no todo el mundo piense igual. Las personas no siempre quieren comprar las obras que uno se inventa y pues ni modo, hay que comer.

—Entiendo. De todas maneras no sabes cómo te envidio. Eres joven, puedes hacer lo que tú quieras, ir a donde quieras… En cambio yo, una vieja de cincuenta y ocho años sin más destino que estar aquí encerrada en esta casa que ni siquiera es mi casa sino la de ella —dijo inclinando la cabeza hacia *La Morisca*.

—Pues déjeme decirle que está usted muy guapa para tener los años que dice. Además, no tiene por qué estar encerrada, habiendo tantas cosas que puede hacer. Puede irse de viaje, puede poner un negocio o dirigir una fundación para ayudar a los artistas que se mueren de hambre.

Nos reímos.

—No, hombre, sería un completo desastre. Figúrate nomás, me crié con las monjas. Yo lo único que sé hacer es rezar y preparar jamoncillos.

Volvimos a reír y después nos quedamos unos segundos en silencio.

—No… —dijo alargando la o con desesperanza— la verdad es que yo no podría ir allá afuera. No te imaginas el gentío de ánimas que hay por ahí queriendo reprocharme cosas. Vivas, muertas… no sé cuáles serán peores. Tendría que irme muy lejos, a un lugar en donde nadie me conociera ni yo conociera a nadie. Un lugar donde las gentes no fueran así como son acá. Pero pues no hay manera. Yo sola no podría. No sabría llegar ni al aeropuerto.

—Pero para eso está uno, doña Isabel. Faltaba más. Usted nomás dígame qué necesita y…

Se oyó un golpe del otro lado, en la casa. Fue un golpe como de madera, una puerta, un mueble. Una agitación. Los dos nos pusimos alerta. Isabel de inmediato corrió a ocultarse en la recámara. Unos segundos después vi a la Tona atravesar el jardín con pasos furiosos, sin siquiera levantarse la enagua para evitar que se le embarrara de lodo.

—¿¡Dónde está!?

—¿Qué pasó? ¿Quién?

—¡La señora! ¡Doña Isabel! No está en su cuarto. Ya la busqué por toda la casa y no está. Tiene que estar aquí. Tú la escondiste. ¡Quítate!

—Yo no escondí a nadie. ¿De qué me habla? Tranquilícese, Tona.

Revisó los rincones del taller, entró al cuarto, se agachó debajo de la cama, azotó la puerta del baño.

—¿Estás seguro de que no la viste? ¿Ayer en la tarde no la viste? Sus zapatos estaban tirados en el jardín… No puede ser, Jesús santísimo.

—No, Tona. Yo no vi a nadie. Estaba limpiando al chivito, luego empezó a llover y me vine para acá. Bueno, vi los zapatos ahí tirados, pero pensé que eran de usted.

—¿¡Míos!? Habrase visto hombre más idiota. Cuándo voy a tener yo unos zapatos así de finos. Ay, ayúdame, Cristo bendito… ¿Y ahora qué voy a hacer? ¿Y si se escapó mientras yo andaba afuera?

—Tranquila, Tona, si la señora no llevaba zapatos no pudo haber ido lejos. Tal vez salió a dar una vuelta nada más.

—Pura tontera dices, tú. ¡Qué no ves que ella no puede salir! No ha dejado su cuarto en más de veinte años y tú me sales con que se fue a dar una vueltecita… Ay, Jesús bendito. Dónde podrá estar. Lachito se muere si se entera. No debe saber nada de esto, ¿entendido?

—Por mí ni se apure, yo no digo nada.

—Ay, ¿pero si Lachito llega y no la hemos encontrado? Tenemos que hablar con la policía, buscarla en la Cruz Roja. Cuántas veces he dicho que necesitamos el teléfono, pero ¡es tan necio! Voy a tener que ir a la caseta para que venga la patrulla, que inspeccionen la zona, que traigan a sus perros esos que entrenan para seguir el olor…

—Horacio no va a llegar todavía, Tona, por qué no primero busca bien a la señora aquí en la casa. Revise bien todos los rincones. Tiene que andar por aquí, es casi seguro —la dirigí hacia la salida—. Yo ahorita si quiere le ayudo, nomás deje que me vista y la alcanzo.

—Voy a ir por los policías, ¡eso es lo que voy a hacer!

—No le van a hacer caso, Tona. Es mejor que vaya yo. Mientras usted la busca aquí yo voy y hablo con la policía, les pregunto si no la vieron, doy una vuelta por el rumbo, ¿le parece?

—¿Y se puede saber cómo le vas a hacer para reconocerla? ¡Si tú ni siquiera sabes cómo es!

—Pues… con una foto —se me ocurrió decir para salir del paso.

—Está bien. Tú vístete mientras voy y busco una foto. Volvió a la casa y por fin pude tomar un respiro.

Isabel se encontraba hecha bolita dentro de la tina de baño, con la cortina corrida hasta la mitad.

—Tengo que hacer como que voy a hablar con la policía —le dije—. Regreso en un par de horas.

Me acerqué para besarle la frente, para oler una vez más la línea donde le nacía el cabello. Ella me retuvo con la palma de la mano sobre el rostro. Me miró de cerca y dijo que por favor fuera esa noche a su cuarto, que entrara por el patio de los cántaros, que dejaría abierto el ventanal, que esperaría con el corazón en vilo.

# 7.

Afuera no sabía qué hacer o hacia dónde dirigir los pasos para matar el tiempo y hacerle creer a la Tona que estaba buscando a doña Isabel, quien a esas alturas seguramente ya estaría de nuevo en su recámara, dándose un baño de burbujas y untándose cremas.

Me hubiera gustado toparme con el Sóquet y pasar el rato escuchando sus delirios, pero eso no ocurriría hasta mucho más tarde, cuando regresara de un largo y extraño paseo. Caminé sin rumbo por la colonia, bajo riesgo de encontrarme con los policías que me habían hostigado. Me haría bien un poco de ejercicio para despejar la mente. Las banquetas recién llovidas del día anterior estaban desiertas, como siempre en esos barrios donde la gente solo sabe andar en coche.

Pensé en buscar a Felipe, averiguar si seguía en la ciudad o qué había sido de su vida. Incluso pensé en asomarme al taller de Mendoza nomás por estrecharle la mano y hacer las paces. El tiempo que había pasado aislado en aquella casa me estaba reconciliando con el mundo o al menos lo ponía tan lejos que las cosas empezaban a perder importancia. Aquella casa, su tranquilidad absoluta me reblandecía como un vinagre dulce. Uno se iba disolviendo en el silencio para convertirse en un algo, una cosa que respira dentro, que habita.

Al verme de pronto otra vez en la calle las impresiones se magnificaban y me hacían sentir vulnerable. Los ruidos, el movimiento, las luces. Todo parecía una amenaza, como si mis huesos fueran de gis. Hasta estuve a punto de que me atropellaran por distraído. Llegué a la avenida. Debía decidir en qué dirección caminar. Si seguía cuesta abajo pronto llegaría a los maizales de Zapopan. Del otro lado la cuesta estaba demasiado empinada.

Como llevaba algo de dinero en el bolsillo me di el lujo de tomar un taxi para trasladarme al centro. Quería ver gente, tomar un café en una terraza, distraerme. Bajé en la esquina de Munguía y Vallarta, junto al edificio de la universidad. Crucé la explanada del Templo del Expiatorio y fui a sentarme bajo una de las sombrillas de la cafetería a donde solía ir. Hacía calor, era cerca de mediodía. Pedí un agua grande de horchata de fresa y, tan pronto como me pusieron enfrente la copa rebosante, escuché a mis espaldas el rasgueo de una guitarra. La Malinche y su novio en turno. Ella se puso al micrófono: «Amenizaremos el momento con una bonita trova de Silvio Rodríguez que dice…». Pensé en salirme del café. En cualquier otro momento lo habría hecho. Me disgustaba la cantaleta cursi de esa música. Sin embargo estaba tan a gusto que podía tolerar eso y hasta una horda de saltimbanquis.

La Malinche vivía de dar clases particulares de inglés. Algo tenía que ver con que le hubieran puesto ese apodo. En ocasiones conseguía que la contrataran todo un semestre en el Instituto Torres Andrade. Cuando no encontraba trabajo o no le daba la gana trabajar cantaba en los cafés, pero desde que andaba con aquel hippie huarachudo se la pasaba en las calles y los camiones, casi se diría que viviendo de la caridad.

Luego que terminó la canción se acercaron a las mesas por separado. La Malinche llegó a la mía y me saludó con una efusividad que rayaba en lo exagerado. Me preguntó que cómo estaba, que qué hacía y le contesté que trabajando, igual que siempre.

—Por qué no se sientan y les invito a algo. Hace mucho calor —le dije, y ella accedió de inmediato. Le hizo una seña a su novio y se sentó. Él terminó de recorrer las mesas que La Malinche había omitido.

—No sabes cuánto gusto me da verte. Debe de ser el destino. Te quería platicar de una propuesta buenísima que seguro te va a interesar.

El novio jaló uno de los equipales de otra mesa para sentarse, aunque por mucho que se arrimara no alcanzaba sombra.

—¿Ya conocías a Fredy? —Nos saludamos con desgana—. Él también pinta, va en tercer semestre de Artes Plásticas —luego se dirigió a su novio—. Aquí donde lo ves, Chepe ya pertenece a las grandes ligas, ¿o no?

—Nada de eso, Malinche. Me toca sobarme el lomo como todo el mundo.

—¡Es en serio! No te imaginas lo bonito que pinta. Una vez hasta me retrató a mí como si fuera una maja. Claro que él está más en la onda figurativa realista, como del Renacimiento.

—Ah, en ese caso debes conocer al maestro Rogelio Santiago —dijo el tal Fredy, y yo le puse cara de no teneidea de lo que hablaba—. Da clases en la facultad. El famoso investigador, experto en arte del siglo xvi.

Negué indiferente y di un sorbo de agua de horchata.

—¿Puedo pedir lo de siempre? —dijo La Malinche.

—Claro, lo que quieras.

Siempre que salíamos juntos pedía un banana split, pero solo con helado de chocolate. Si por error le daban las tres bolas de diferente sabor hacía que se lo cambiaran. «Para mí el helado solo puede ser de chocolate», decía categórica. Fredy pidió una limonada y yo agregué a mi orden un club sándwich porque me había salido sin desayunar.

—¿Cómo te va con tus clases? —pregunté, más por pisarle el callo al tal Fredy.

—¡No, espérate! Eso es de lo que te quiero hablar. Dejé las clases por tiempo indefinido porque Fredy consiguió un contrato buenísimo. A él y a su equipo del Taller Teocalli los eligieron para pintar un mural aquí al lado del Cine del Estudiante. Sometieron los proyectos a concurso y ganaron ellos. Les van a dar la pintura y los van a apoyar con una beca. Bueno, tampoco es que sea mucho, ¿verdad? A unos compañeros que vienen de Ameca sí les van a dar viáticos, y lo de las heladas. Pero lo importante es que vamos a tener todo el muro del estacionamiento para expresarnos. Es grandísimo, lo va a ver todo el mundo. Imagínate, dicen que hasta va a venir don Gabriel Covarrubias a inaugurarlo. Eso sí, tiene que estar terminado antes de que acabe el año, así que todos estos meses le vamos a dar durísimo. ¿No te quieres unir al equipo?

Creo que Fredy trató de pellizcarle el brazo por debajo de la mesa para que se callara.

—Híjole, Malinche, cómo me gustaría, pero la verdad es que ahorita estoy hasta el tope. Esta es la primera escapadita que me doy como en dos meses. Si no con mucho gusto les ayudaba.

—Ay, pero si tú siempre tienes mucho trabajo. Ya te toca hacer algo más… artístico, ¿no? Más independiente, sin buscar forzosamente una remuneración.

—Parte del manifiesto de nuestro taller —irrumpió Fredy— es precisamente repudiar el sometimiento del arte a la burguesía. El arte debe ser para el pueblo.

Quería salir corriendo de ahí pero me daba pena ser grosero con La Malinche, así que me tuve que recetar veinte minutos de perorata socialista. Acabé harto y todavía más convencido de que el arte es sustancialmente elitista.

Por fin La Malinche le hizo una seña que ambos comprendían y él se disculpó para ir al baño.

—Me daba pena decirte enfrente de él, pero quería ver si podías prestarme cincuenta mil pesos. Te los pago la siguiente semana... Son cosas de mujeres, por favor no me hagas explicarte.

—No me tienes que dar ninguna explicación, Malinche. Ahorita no traigo mucho, pero pues ahí está, toma—puse en su mano el único billete que traía, era de cien mil—. Ahí ustedes pagan la cuenta con eso, no serán más de treinta, espero que te alcance para lo que necesitas.

—Sí, sí, es más que suficiente. Muchas gracias. La vi guardarse el billete en el elástico del brasier.

—Me dio gusto verte, Malinche. Por favor, cuídate mucho. Ahí me despides de Fredy.

Le di un beso en el cachete y salí a la resolana infinita de aquella plaza de sombras recortadas a cuchillo como cuadro de De Chirico. El templo neogótico del Expiatorio y sus agujas pretenciosas me recordaron la perorata de Fredy y me sonreí, con más amargura que risa. Cometí el error de voltear a la mesa. Se estaban comiendo las migajas que había dejado en el plato.

Me había quedado con unas cuantas monedas, y no me alcanzaban más que para tomar el camión. Como los autobuses no entran a las colonias de los ricos tuve que atravesar a pie todo Providencia, mitad terrenos baldíos y mitad casas en venta. Mientras caminaba me dio por pensar en que debía hacerme de una de aquellas casas. Un dúplex o de perdida un departamento. Con lo que me pagara Horacio podía dar el enganche y pedir un crédito en el banco para pagar el resto. Una güerita de ojos verdes casi me convence de firmar ahí mismo el contrato para comprar una casa de un lote de veinte construcciones idénticas enfiladas en una avenida sin árboles. Pequeña pero bien distribuida, con cochera y una solera de tejas sobre la puerta de entrada. La sala comedor acabada en vitropiso, al fondo la cocina integral, arriba dos habitaciones bien soleadas. Una para mi taller y otra para el dormitorio. Podía dejar la sala como galería y biblioteca. Atrás, en un pedazo de cuatro metros cuadrados de tierra podría sembrar rosales y un limonero. Le prometí a la güerita que volvería.

Al llegar a la glorieta de Pablo Neruda, ya muy cerca de la casa de Horacio, reconocí el bulto gris tirado en la jardinera a pleno rayo de sol. Era el Sóquet. Con el semáforo todavía en verde esquivé los coches para cruzar. Parecía muerto. Estaba en una cama de hierba seca, boca abajo, la espalda retorcida, los brazos extendidos a los costados. Le toqué una rodilla con la punta del pie sin que reaccionara. Tiré de la manga de la chamarra, pero el brazo cayó sin vida. Me incliné sobre él y le quité la pelambrera de la cara. La mejilla se contrajo. Le di la vuelta y lo arrastré hasta la sombra de un árbol. El cuerpo estaba lacio, el rostro apagado y la boca como una brasa consumida. Busqué un surtidor y saqué del basurero un bote vacío para enjuagarlo y llenarlo de agua. Empecé por humedecerle la boca, luego bebió por sí solo y después de algunos tragos comenzó a recobrar el conocimiento. Esperé un rato junto a él. No parecía reconocerme. Con la mirada perdida le daba trago tras trago a la caja de Tropicana.

—Sóquet, ¿estás bien? ¿No quieres que te acompañe a la Cruz Roja o algo?

—Mi muela, ya me empezó a doler otra vez. Me hubieras dejado muerto, ya se me estaba olvidando.

—Qué muerto ni qué ocho cuartos. Y ahora, por qué te quedaste así en pleno solazo, ya te andabas deshidratando.

—Me duele mucho la muela.

—Eso te pasa por cochino. Deberías ir a la escuela de odontología a que te la saquen.

—¿Ahí sacan muelas?

—Pues te agarran de conejillo de indias los estudiantes, pero de eso a nada…

—Mi muela.

—Déjame ir a la casa a ver si encuentro alguna pastilla para el dolor y te la traigo. Espérame.

—Mi muela… —empezó a llorar como un niño abandonado, como si no fuera la muela lo que en realidad le doliera sino otra cosa, otra clase de desconsuelo.

En la esquina del Paseo de los Parques un taxi del aeropuerto se detuvo para darme el paso, pero no sospeché nada hasta llegar a la casa y sentir un bullicio distinto, los rastros del perfume de Horacio que había regresado con más de un mes de anticipación.

Las maletas estaban en el pasillo, frente a la puerta de su cuarto. La Tona salió para cargarlas y de paso me dirigió una mirada rabiosa, no sé si por mi tardanza o porque hubiera descubierto que no había llamado a ningún policía. Se dirigió altiva a la cocina sin decir media palabra, y yo no iba a buscar problemas, así que preferí quedarme callado.

Me detuve en el marco de la puerta. Horacio iba de un lado para otro, abriendo y cerrando cajones.

—¡Ah, ahí estás! Te veo repuestito, ¿eh?

Me llevé las manos a la barriga fofa que se me había empezado a formar en aquellos meses.

—Como podrás ver, adelanté un par de semanas mi viaje para ir haciendo los preparativos del embarque de la pieza. Todo ha salido a pedir de boca. Tengo tantas cosas que platicarte... Mira esto...

Me mostró un aparato gris, pesado como una pistola.

—Es un teléfono celular. En Japón ya todo el mundo trae el suyo. Con esto puedes hacer llamadas desde cualquier lugar del mundo.

Abrí la tapa y vi encenderse la pantallita verde. Apreté algunos botones, levanté la antena...

—Dame acá, no es un juguete. Esto será lo que por fin nos convierta en una especie civilizada.

—Entonces lo del negocio salió bien...

—¡Por supuesto que salió bien! Ahora todo depende de ti. No puedo esperar a ver la copia, nomás que llegué muerto de hambre. Esa comida que dan en los aviones es un asco, todo sabe igual. Por qué no me acompañas a comer algo y mientras te platico. La Tona preparó birria. Es curioso, pero ella siempre cocina birria cuando yo llego de un viaje largo. Y que conste que no le avisé, eh. Esa mujer nunca dejará de sorprenderme. Vente.

Me pellizcó el cachete al cruzar la puerta y lo seguí al comedor. Tenía que encontrar la manera de decirle lo del cheque del adelanto. Lo del pago de doña Gertrudis, mi ex casera, no tenía muchos ánimos para sacarlo a cuento. La verdad era que me avergonzaba. Pero lo del adelanto sí era importante. Dependía de ese dinero para sacar mi camioneta del corralón.

Nos sentamos a la mesa y la Tona nos puso enfrente un plato repleto de birria a cada uno. Comenzamos a comer tan pronto llevó la servilleta con las tortillas.

—Tráenos dos estrellitas, Tona. La birria se debe comer siempre con cerveza Estrellita, si no, no sabe.

La cerveza estaba tan fría que flotaban dentro finas hojas de escarcha.

—Pues mira, en resumen te puedo decir que el plan ha sido un éxito rotundo. Los herederos están muy entusiasmados y facilitaron ya todos los permisos de las aduanas.

Mi socio chino es un encanto de tipo. Se muere por conocerte, dice que si quieres ir él te cubre todos los gastos y te trata como rey para que disfrutes de unas buenas vacaciones, ya luego si quieres podrán hablar de negocios.

—¡Hombre, qué bien! Muchas gracias. Por supuesto que yo estaría encantado, siempre he tenido curiosidad de conocer lo que hay del otro lado del mundo, a ver si es cierto que todos están de cabeza.

—No en términos literales, pero créeme que sí, todos están de cabeza. ¡Qué delicia de birria!, ¿no te parece?

Asentí. El pedazo de carne que reposaba en el cuenco de la cuchara, a punto de viajar a mi boca, hacía apenas unas horas pertenecía a un animalito que balaba contento atado a la pata de la mesa. Pero eso no me quitó el apetito, por el contrario, el sabor metálico de la carne me cubrió la lengua y el paladar, haciendo una fiesta con los matices de los diferentes chiles y la cebolla fresca. Horacio tenía razón, no podía existir nada mejor que la insipidez y la flacura de una Estrellita para descansar de aquel ardor.

—Y cuéntame, ¿cómo vas con *La Morisca?* Si no saliste corriendo los primeros días debe de ser porque ya tienes todo bajo control. Has de estar por terminarla, ¿no?

—Cómo crees que iba a salir corriendo y quedarte mal, Horacio. En todo caso te hubiera dicho desde un principio que no y punto.

—Ves, por eso me caes bien. Queda poca gente como tú, José. Al menos en el mundo en el que yo vivo.

—Bueno, debo ser honesto, Horacio. Todavía falta mucho trabajo. Detalles y acabados, igualar el desgaste, las cosas más minuciosas.

—Olvídate del desgaste, los detalles son lo que menos me importa, lo que me importa es que realmente sea ella. Para la suma que te estoy pagando, espero que hayas resucitado al mismísimo Mabuse.

—Ah, por cierto, eso era otra cosa de lo que te quería hablar. Ocurrió un accidente con el cheque del anticipo. Pasa que… bueno, fue destruido antes de que pudiera ir al banco a cobrarlo.

—¿Cómo que destruido?

—Sí, bueno, la señora Tona lo echó por error a la lavadora en la bolsa de mi camisa.

—¡Tona! ¡Tona, ven para acá!

—No fue su culpa, Horacio. Es solo que no pude cobrarlo.

—¡Tona! ¿Que metiste a la lavadora el cheque de José? ¿Cuántas veces te he dicho que revises la ropa antes de echarla a lavar, eh? ¿Cuántas?

La Tona agachaba la cabeza con el delantal entre las manos.

—No sabes la de veces que me lo ha hecho a mí también. ¿Eres estúpida o qué te pasa? No hay manera de hacerte entender, burra tarada.

—Horacio, no…

—Perdóneme, don Lachito, le prometo que no volverá a pasar.

—Estás senil, ya no sabes ni lo que haces. Te voy a mandar de regreso a tu pueblo, verás. Ándale, vete vete vete, no te quiero ver.

Tronó tres veces los dedos y la señora regresó humillada a la cocina.

—Qué bárbaro, hombre. ¿Y aun sin el anticipo te pusiste a trabajar todo este tiempo? ¡Eso es tener pantalones! Caray, te agradezco mucho, José. No sabes lo importante que es esto para mí.

Siguió haciendo llover elogios huecos y planes sobre

la mesa después del café y el postre que nos servimos nosotros mismos porque la Tona se había encerrado en su cuarto. Después fuimos a la sala y se puso a forjar un par de cigarrillos de tabaco perfumado que fumamos casi en silencio, mientras veíamos cambiar la luz del otro lado de la ventana.

—¿Qué es esto? —escupió Horacio entre los dientes—. ¿Me puedes decir qué clase de broma es ésta?—. Estaba frente a la réplica del cuadro y su cabeza temblaba roja como un foco de alarma.

—No está terminada, Horacio, no puedes juzgarla todavía. Le falta un mes de trabajo, como quedamos desde un principio.

—El tiempo no tiene nada que ver. Esto no es lo que yo te pedí, José.

—Me pediste una falsificación, una copia exacta de *La Morisca* y es lo que estoy haciendo.

—Ajá, sí. Pero esto no me dice nada. ¡Esta pintura está muerta! —gritó.

—Tranquilo, Horacio. El volumen y los efectos se van logrando a partir de las veladuras.

—A la chingada con tus veladuras. ¿Dónde está el error, el accidente? Esta pintura puede ser exactamente igual a *La Morisca* pero no es *La Morisca*. No tiene nada que ver con ella, ¿entiendes? Es demasiado… plana, pulcra. Te pusiste a corregir la mano de Mabuse en lugar de igualarla. Parece que hubieras pintado una estatua de cera y no una mujer de carne y hueso. ¿No te das cuenta? Es justamente eso lo que van a notar los herederos y no la forma de las grietas y las estupideces en que has perdido el tiempo. Seguro te la pasaste de holgazán, disfrutando de lo lindo ahora que tienes casa, dándote la gran vida a mis costillas. Ni creas que yo te voy a pagar un solo peso por esta porquería, eh…

Se me llenó de ira el estómago y no quise escucharlo más.

—¿Sabes qué, Horacio? Yo ya perdí demasiado tiempo aquí con esto para que me salgas con caprichos de mocoso mimado. Ahí te quedas con tu copia y con tu dinero, yo me largo.

—Ah, ¡ahora resulta que me quieres dejar colgado! Que me amenazas.

—No, no te amenazo. Simplemente que no entiendo tus caprichos, no entiendo qué es lo que quieres ni puedo permitirte que descalifiques así mi trabajo. No es poco lo que me he esforzado, en especial si tomamos en cuenta las condiciones en que tuve que trabajar. O creerás que fue muy fácil copiar un original encerrado a veinte metros de aquí. Estoy harto y no me gustan los malos tratos, así que me largo.

—O sea, piensas que te puedes ir así nada más.

—Mira, Horacio, lamento mucho que no nos entendamos. A mí me va a ir mucho peor, allá afuera no tengo absolutamente nada, pero mejor ahí muere, lo prefiero. Por dignidad.

Me di la media vuelta para tomar mis cosas.

—¡Ja! Por dignidad —le oí decir a lo lejos. No había terminado de voltearme cuando él ya había cerrado tras de sí la puerta. Oí el tintineo de un juego de llaves y el golpe de la cerradura que estaba cerrando por fuera.

No comprendía nada de lo que estaba ocurriendo. Corrí de inmediato a intentar abrir, pero, en efecto, el postillo estaba echado y yo no tenía esa llave. Me temblaban los músculos de la frente, cansados ya de enrarecerse tanto. El ventanal estaba formado por cuatro grandes cristales sostenidos en una cruz de vigas de metal. La sección de la ventana que correspondía a la puerta era una pieza corrediza. Por ahí habían metido al taller la enorme tabla sobre la que estaba haciendo la copia. Seguí los rieles e intenté tirar hacia la izquierda para abrirla pero no tenía caso. Los pasadores de acero también estaban asegurados por fuera. Los candados se agitaban al tironear. Pateé varias veces el vidrio, pero lo único que hice fue lastimarme el pie. El cristal era grueso, no lo rompería fácilmente.

Al final decidí calmarme. Por qué el imbécil de Horacio había descalificado así mi trabajo siendo que todavía estaba inconcluso. ¿Demasiado pulcra? ¿Qué quería decir con eso? Total, debía de ser un simple berrinche, nada que no se pudiera arreglar. Si me había retenido ahí era seña de que no tenía a alguien más para terminar la falsificación, así que tendríamos que negociar. Tomé la botella de oporto y le di un buen trago directo de la boca. Luego llené el vaso y me lo bebí a sorbos más razonables viendo cómo la tarde se dejaba llevar sin prisa hacia el ocaso. Me dio por pensar que era esa luz violenta la que nos hacía ser así. Esa luz que todo lo enardece, que no nos da descanso.

No recuerdo a qué hora me dormí. Estaría un poco borracho. Por la mañana desperté y fui a la puerta, pero seguía cerrada con llave, así que volví al cuarto y me eché en la cama otro rato. Luego que ya no pude dormir más me levanté para tomar agua de la llave y me asomé a la salita. Horacio estaba sentado afuera, en el banquetón, con las espaldas recargadas en el vidrio y los codos sobre las rodillas. Me paré junto a él, del otro lado de la ventana. Podía ver los hilos de su bata aplastados contra el cristal.

—Estuve pensándolo mucho —dijo con la voz atenuada por la barrera de vidrio—. Necesito que me digas con toda honestidad, José: ¿Puedes hacerlo?

—Puedo intentarlo. Eso es lo que he estado haciendo todos estos meses. No creo que mi trabajo sea tan malo como dices. Al menos deberías esperar a que esté terminada para emitir un juicio, ¿no crees?

Se puso de pie y se dio la vuelta para verme a la cara.

—No, José, no entiendes. La figura es indecisa, no está bien dibujada. La pintura solo pone en evidencia esa indecisión. No se trata de copiar una forma, sino de representarla, de adivinar su movimiento, de adivinar el espíritu que habita en ella —señaló la tabla como si realmente hablara de una persona—, *captar el espíritu, el alma, la fisonomía de las cosas y de los seres. ¡Los efectos!, José, ¡los efectos! ¡Pero si estos son los accidentes de la vida y no la vida misma!*

Hablaba como si estuviera recitando una cátedra aprendida de memoria, grabada a cincel en su memoria.

—Causa y efecto —sostuvo a cada una en una mano—. ¿Te das cuenta? Son indivisibles, sin ello la realidad es falsa, como tu copia. Pintas sin ver; sin ver la vida de lo que pintas. *No profundizas en la intimidad de la forma…*

—No sé, Horacio, yo no te entiendo. Tal vez será mejor que le des el trabajo a alguien que sepa de esas cuestiones teóricas.

—¡¿Cuestiones teóricas?! Méndigo malagradecido, si por eso te elegí a ti, porque no estás contaminado por las estupideces de la teoría. ¡Lo que necesito es que entiendas! ¡Que la expreses a ella! —Su índice rebotaba en el cristal imprimiéndole pequeñas manchitas redondas.

—Olvídalo, Horacio. Contrata a alguien más y punto.

—Mira, ya no hay tiempo. Vas a terminar esa pintura y harás que sea perfecta. De lo contrario no sales vivo de aquí.

—¿Qué? —Creí no haber entendido.

—Ese es el trato ahora, José. Terminas la pintura tal y como yo la quiero o no sales vivo de esta casa.

No le creí media palabra. Me pareció una más de sus triquiñuelas, una amenaza totalmente ridícula. Y yo ya me estaba hartando de todo ese teatrito. Creo que hasta me reí en su cara. Qué poco sabía entonces de lo que me esperaba.

—¿Y si la termino, qué? —le respondí en tono retador.

—Te vas y listo.

—No. Me voy y me pagas lo acordado. Apretó la quijada y lo pensó unos segundos.

—Está bien. Te dejo ir y te pago lo acordado.

—Trato hecho.

—Ahora deja de perder el tiempo.

—Bueno, pues, ábreme.

—No. Tú aquí te quedas.

—¿Estás loco? ¡Pero tengo que ir a la capilla! ¿Cómo se supone que voy a hacer la falsificación si no puedo ver el original?

—Eso averígualo tú.

Se dio la media vuelta y se fue. Le grité toda clase de improperios, azoté el vidrio, volqué los muebles. Estuve a punto incluso de destruir la pintura, rociarla de solvente y prenderle fuego, pero no lo hice.

El resto del día lo pasé buscando la manera de salir. Romper el cristal no era opción. Horacio podía estar armado, podía en el instante llamar a la policía con su celular nuevo. Debía escapar a hurtadillas. Lo primero que intenté fue forzar la cerradura. Con alambres, con pasadores del cabello, con otra llave parecida, con todo lo que encontré. La ventana del baño era demasiado chica para que cupiera una persona. La ventana de la recámara era una buena opción, pero tendría que raspar todo el mastique y zafar los tornillos oxidados.

Hacia la noche estaba casi vencido por el cansancio y el hambre. Entonces apareció una sombra nueva en el jardín. Una sombra que yo ya conocía de antes pero que me horrorizó encontrar aquí, ante esta otra puerta.

# 8.

Estaba casi tan oscuro adentro como afuera, donde la tarde todavía exhalaba los últimos estertores de luz. Panchito, el sobrino de doña Gertrudis, se acercó a la ventana, puso las manos de mampara y miró dentro. Me sentía como un reptil atrapado en la vitrina de un zoológico. Lo vi dibujar una sonrisa maliciosa al encontrarme con los pies clavados en el piso, lleno de miedo.

—Buenas, buenas. ¿Cómo estamos? Qué casualidad que nos encontremos aquí, ¿no te parece?

—¿Qué quieres? —dije a la defensiva.

—No, si yo no quiero nada. Nomás estoy haciendo mi trabajo.

Su voz sonaba apagada por el vidrio, así que grité:

—¿De qué hablas?, ¿tú qué haces aquí?

—Ya te lo dije, estoy haciendo mi trabajo, igual que tú. Mientras que tú pintas monitos, yo cuido que no te vayas a escapar como la rata escurridiza que eres.

—¡Óyeme, desgraciado, pues qué te traes conmigo! —grité y lo encaré frente al vidrio.

—Tsss… Tranquilo, compa. Yo no tengo la culpa de nada, el señor Romero me contrató de custodio. Al contrario, debería estar agradecido de que por ti haya encontrado una chamba tan buena. ¡Este Romero es un tipazo! Mira nomás qué casa tan bonita tiene. Así que no te lo tomes personal, eso de la otra vez ya quedó en el pasado. Aunque con mucho gusto volvería a romperte la cara, eh, mejor ni le busques.

—¿Y Horacio? ¿Horacio dónde está? —alzaba la voz cada vez más fuerte y más desesperado—. ¡Horacio! ¡Ven a dar la cara, cabrón! —grité como para que me escuchara hasta su recámara.

—Chchch… Ya cállate, no me obligues a tomar medidas desde ahorita. Horacio ni está, eh. Se fue unos días a Puerto Vallarta porque dice que esto de lidiar contigo le estresa mucho, y como puedes ver, me dejó a mí a cargo.

Yo estaba asustadísimo, con la mente a cien tratando de desenredar aquella trampa enmarañada.

—¿Desde cuándo trabajas para él? ¿Desde cuándo lo conoces?

—Uh, desde una vez que fue a buscarte a la casa. Nos puso al tanto de que eras un ratero, un vividor, de que le debías un montón de dinero y no querías pagarle. Hasta nos dijo que te había investigado en la policía y que tenías antecedentes penales.

Me desmoroné en la silla.

—Y doña Gertrudis le creyó…

—Pos claro que le creímos. El señor Romero es un hombre respetable. Luego que regrese me va a contratar para que sea su guardaespaldas permanente. Me va a dar una pistola y unos lentes Ray Ban.

Me oía resoplar con dificultad como si hubiera subido la cuesta de una montaña cubierta de nieve. Vi mi cara ceniza en el reflejo del cristal y supe que estaba perdido. Boqueaba, tenía los ojos saltones. Era un pez confundido, muerto de asfixia y pavor.

Ni siquiera supe en qué momento se me ocurrió hacerlo. Fui a la mesa de trabajo y encendí la luz. En una lata vacía vertí un poco de cola de conejo y una palada de blanco de titanio. Llené la lata de agua, revolví bien la mezcla y con una brocha gorda me apuré a esparcirla sobre los cristales. Del otro lado Panchito maldecía y lanzaba amenazas. Oteaba entre las lagunas donde no había llegado la pintura mientras que yo le daba de brochazos en los ojos.

De lo que ocurrió durante los días que estuve encerrado, recuerdo pocas cosas emborronadas entre brumas.

Recuerdo por ejemplo que la primera noche no podía dormir, mi mente no paraba de armar intrigas y conjeturas, cada una más espantosa que la anterior. Tenía mucha hambre. Cuando por fin pude dormitar, como a las cinco o seis de la mañana, me despertó el peso mullido de una almohada sobre la cara. La rodilla de Panchito me aplastaba el pecho, sus brazos hacían la presión justa. Escuchaba los hachazos violentos de mi corazón tratando de permanecer con vida, y cómo se fueron atenuando junto con el ruido de los pasos que se alejaban.

El día siguiente lo pasé hecho bolita en un rincón del cuarto, prácticamente debajo de la cama empuñando a la defensiva unas tijeras de pollero. No pasó nada. Panchito no volvió a entrar, pero yo ya no pude dejar de esperarlo, de presentir que llegaría en cualquier momento a terminar de quitarme el poco aliento que me había dejado.

Recuerdo también la madrugada del segundo o tercer día, cuando ya estaba desfalleciendo de hambre, engarrotado en el mismo rincón, con la cabeza ida en la desesperanza. Oí que alguien trataba de abrir las celosías de la ventanita del baño. Me levanté espantado y me puse al acecho tras el marco de la puerta. Las manos torpes del Gordo intentaban abrir las ventilas para arrojar desde lo alto dos naranjas que yo corrí a atrapar. Se me cayeron de las manos y rodaron por el piso. Subí a la orilla de la tina para asomarme, pero el Gordo ya se había ido.

Me comí la primera naranja casi con todo y cáscara. Le hice un agujero con los dientes por donde le fui sorbiendo el jugo dulce. Luego la abrí y le arranqué a mordidas las hebras fibrosas que por fin me hicieron peso en el estómago contraído. A la segunda naranja sí le quité la cáscara y me la comí gajo a gajo, lo más despacio que pude. Al final me chupé los dedos pegajosos y me pasé la lengua por los labios que cosquilleaban irritados por el zumo.

Recuerdo también que desde que llegó Panchito se apagó por completo el sonido de los pájaros y de los grillos. Solo quedó el roer de una rata insomne que abría pasadizos entre las cajas de recuerdos de familia.

De lo que no me puedo acordar, por mucho que me esfuerce, es de cómo a final de cuentas conseguí pintar a ciegas a *La Morisca*. Todavía nomás de pensarlo me parece inaudito. Tal vez no sucedió o sucedió de una manera distinta de la que yo vagamente recuerdo.

Fue la madrugada en que el Gordo me arrojó las naranjas. Ya no me pude dormir así que salí al taller y encendí las luces. Me quedé mirando la pintura y me di cuenta de que era cierto: parecía tiesa y sin vida. No sé si sería el hambre o el delirio del encierro lo que me hizo ver de pronto cómo debían reconstruirse las formas que había memorizado, para infundir sentido a la totalidad. Podía reconstruir mentalmente el cuadro a partir de una realidad imaginada. A partir de los árboles y de las ruinas musgosas, del sol en el ocaso y de la mujer de mejillas pujantes que parecía haber recorrido un largo camino para llegar hasta ese éxtasis vital que le iluminaba el rostro. La fuerza del universo toda se concentraba en aquella pujanza y tomaba la forma de una esfera opaca cuya luz estaba a punto de reventar. El bizco accidentado del ojo izquierdo y el *pathos* en la contorsión del cuello ponían de manifiesto ese brío. La respiración de su pecho estaba contenida, los pulmones inflados, llenos de asombro, los senos henchidos contra la tela del vestido azul de lustroso tafetán. Las puntas del cabello flotaban ligeramente electrizadas a causa de la fuerza de la esfera sostenida entre unas manos paradójicamente calmas. Unas manos que sabían lo que estaban sosteniendo y que no tenían el menor indicio de temor o duda.

En ese momento me acerqué a la mesa, encendí la lámpara y me puse a preparar las pinturas, los solventes y los trapos limpios. La estúpida amenaza de Horacio, la presencia de Panchito, el dinero, el hambre, todo se había disuelto ante la necesidad de representar en pintura lo que de otra forma acabaría por estallarme dentro.

Ignoraba que Panchito también tuviera el encargo de vigilar si estaba trabajando o no. Mientras pintaba lo vi escalar el tronco de un árbol cercano para mirar dentro por la parte alta del ventanal, donde no había llegado la lechada. Aquella mañana, ya con el sol en alto, recibí por fin una ración de comida. Arroz, frijoles y carne entomatada en salsa verde.

—Como dijo Jesús, aquí el que no trabaja no come —se burló Panchito al abrir la puerta para dejar pasar al Gordo que llevaba la charola con la comida.

«Qué cristiano me salió ese cabrón». Decidí ignorarlo y llenar el estómago tratando de no sobrepasarme y lamentar después una indigestión. Reservé las tortillas que sobraron por si se les ocurría volver a matarme de hambre. Pedí al Gordo que de favor me llevara la jarra de café y unas aspirinas. Me dolía muchísimo la cabeza. Él atendió mi solicitud, sin hacer caso de los cabuleos del guardia malsano que me llamaba niñita chiqueada y preguntaba si no quería también una paleta de limón.

El café y las pastillas por fin me despejaron los pensamientos y volví a la pintura. Con cada pincelada me iba quedando más y más clara la idea de lo que debía pintar. Tan claro como si yo mismo fuera el autor, como si hubiera dejado de ser yo para convertirme en el otro o, más todavía, para convertirme en la idea.

No sé si fueron quince o veinte o más días los que estuve bajo esa especie de hipnosis, absorto por completo en la pintura. Apenas si hacía pausa para llevarme algo a la boca o dormir un par de horas y continuar. Me importaba un comino que a Horacio le pareciera bien o no lo que estaba haciendo. Creo que en todos esos días ni siquiera se me ocurrió pensar en él.

Por fortuna los bastidores habían quedado en el taller, recargados en una esquina de cara al muro. Horacio ni siquiera los había visto. Los puse todos de frente aquí y allá, donde encontré lugar, y volteaba a verlos de vez en cuando para consultar algún detalle o despertar chispazos de memoria que evocaban la otra realidad, la que entreviera allende las formas pintadas sobre la tabla.

La lógica del drapeado, el peso de la tela, una brizna de pasto, la disposición de las frondas con respecto a la luz del sol o el número de pétalos que tenían las florecitas blancas a los pies de la mujer, cosas así. Lo demás no me importaba. Salía de mi mano sin que yo me diera cuenta.

Luego de esos muchos días, podría decirse que la pintura estaba ahí. *La Morisca* estaba ahí, replicada, vuelta a ser. Aunque, a decir verdad, se trataba de otra pintura. El original se encontraba lejos, más lejos que nunca, encerrado en la capilla. No sé si *La Morisca* que acababa de pintar era tan igual que parecía distinta, o si de tan distinta acababa siendo igual. No lo sé. Nunca tendría la oportunidad de compararlas.

Me despertó el golpe metálico de la puerta y salté fuera de la cama con el corazón en la boca. La puerta golpeó de nuevo, más despacio. El aire la hacía oscilar.

Asomaban los primeros rayos del día y los pájaros abandonaban las copas de los árboles en parvadas. Afuera, en el jardín, me sorprendió el golpe fresco de la brisa, que no había respirado en muchos días. Todo estaba tranquilo, sin pista de que Panchito anduviera por ahí.

Palpé el bolsillo para comprobar que tuviera las llaves con el amuleto de serpiente y me encaminé a hurtadillas hacia la salida. No había dado ni tres pasos sobre la hierba mojada cuando un peso en el corazón me detuvo. Me di la media vuelta y volví. Fui hasta el fondo de la casa y me colé por el pasillo estrecho. El patio vacío tenía un aire como de secreto, algo detenido, guardado muy dentro como un corazón. *En el silencio se desbordaban los cántaros haciendo rodar el agua sobre el suelo mojado.* La puerta de cristal estaba entreabierta. La cortina de gasa se inflaba ligeramente con el viento y arrastraba la orilla húmeda sobre el suelo al desinflarse.

Encontré a Isabel arrinconada a un lado del tocador, con la mirada completamente ida, movía los labios murmurando palabras incomprensibles y arrullaba el cuerpo hacia delante y hacia atrás. La llamé varias veces, pero parecía no darse cuenta de que estaba yo ahí. Le tomé la cara con ambas manos y la obligué a mirarme pero desviaba los ojos hacia el otro lado.

—Doña Isabel, soy José, el pintor, ¿ya no se acuerda de mí? No me respondía. Sentía el remordimiento de haber cometido un error gravísimo, de haber causado un daño irreparable.

—Isabel, míreme. Soy José, ¿se acuerda? Estuvo conmigo el otro día, en el taller. Dijo que el olor de la pintura le recordaba una cabaña a mitad del bosque.

Entonces empezó a llorar. Los ojos se le pusieron colorados, se le descompuso el rostro y soltó el llanto sin ocultar la cara. Era un llanto estruendoso. El desplome de una montaña me hubiera parecido menos estremecedor.

—Tú también… Tú también te olvidaste de mí —decía entre hipos—. Tú también me abandonaste por ella.

—Perdóneme, doña Isabel. Yo quería venir, pero… Horacio, su hijo. Está loco. Me tuvo encerrado bajo llave en el taller todo este tiempo para que pintara el cuadro. Hasta me puso de guardia ahí a un fulano. Apenas si me pude escapar ahorita.

Quise abrazarla, pero ella se retrajo y se cubrió el rostro con las manos. Su cuerpo al moverse expelió un tufo hediondo a orines y humedad que me obligó a retroceder.

—Pero doña Isabel, mire nada más cómo está… —me acerqué para levantarla, tratando de hacer caso omiso de la pestilencia—. Usted necesita ayuda, necesita que la atiendan.

Su estado era verdaderamente lamentable. Parecía haber sufrido el deterioro de siglos en unos cuantos días. La piel ceniza tachada de arrugas marcadas a tajo. Su boca era un agujero reseco, casi sin labios. El cabello crespo, desteñido.

—Voy a estar bien, no te preocupes. Son mis crisis.

—Ay, señora, me apena mucho que las cosas hayan sido así. Espero que se recupere pronto. Yo… no me quería ir sin despedirme.

—Espérate, no te vayas todavía. ¿Quieres que te cuente lo que pasó aquella tarde de la tormenta?

—Está bien, pero antes venga, déjeme llevarla a la cama.

Quería estar seguro de que pudiera caminar. Extendió hacia mí los brazos y la ayudé a ponerse de pie. Renqueó un par de pasos y luego pudo incorporarse bien, lo cual fue un alivio. Tomé del perchero una bata de seda y se la eché sobre los hombros. Ella pasó las manos por las mangas y se ató el cinturón. Se recostó despacio sobre las cobijas. Doblé la esquina del cubrecama para abrigarle las piernas y me senté en la orilla.

—Ese día mi marido cumplía veinticinco años de muerto. Nunca en todo ese tiempo pensé en ir allá y pedirle perdón a él. Siempre me encomendé a la misericordia de Dios para que perdonara la cosa que yo le hice al pobre. Y es que… bueno, te lo voy a decir. Pero por favor no se lo vayas a contar a nadie, eh. Porque nadie debe saberlo nunca —se llevó los dedos a la boca y musitó en secreto—. Yo cerré la reja con candado. Lo dejé ahí dentro, muerto como estaba ya para mí. Es que tenía muchos celos de la otra. Por ella me abandonó. A ella le entregó su vida. Primero, que sus viajes, sus estudios, después las meditaciones y por último ese encierro del que salía cada vez menos, cada vez más desmejorado. Me sentía tan sola.

Hablaba con los ojos perdidos, muy abiertos, como si me estuviera contando una pesadilla que acabara de soñar.

—Y es que yo no podía saber lo que pasaba con él ahí adentro, por qué me abandonaba y abandonaba a su hijo por esas cosas paganas que no son de Dios. Pasaban los días sin que yo supiera lo que sucedía con él allá en lo profundo de la tierra. Se me imaginaba que se iba muy lejos, hasta el corazón de los infiernos a platicar con el Diablo. Y luego que aparecía, cómo iba yo a saber si ese cuerpo descosido de flacura estaba vivo o no, si todavía habitaba en él su alma. Un día ya no aguanté más y dije:

«Mejor que se quede de una vez allá. Si no quiere estar conmigo y ver por su hijo que se quede allá con ella, con sus pensamientos que siempre están en ella». Y le cerré la reja.

Tal vez solo estaba delirando. Tal vez su mente había inventado aquella historia para darle una culpa por la cual rezar todos los días, a todas horas. No podía involucrarme más en aquella historia. No me correspondía, así que la arrullé y le acaricié la frente para que se calmara y poder irme.

—No, hombre, espérate, que apenas viene lo bueno —dijo cambiando súbitamente de talante, como si me fuera a contar el final de un chiste—. Yo sé que no me vas a creer, a estas alturas ya has de pensar que tengo bien enredado el hilito en la oreja, pero de todas maneras te lo voy a contar. Al menos para escucharme decir las palabras. Ese día de la tormenta…

Escuché de pronto que se abría la puerta del otro lado. Alguien había entrado a la estancia de la mesa de las patonas de águila y con toda seguridad iba hacia la recámara. Mecánicamente, sin pensarlo, me arrojé al piso y me escurrí debajo de la cama. Enseguida se abrió la puerta más próxima y grandes pasos recorrieron el dormitorio de un lado a otro. Mi corazón bombeaba fuertísimo. Hacía hasta lo imposible por contener la respiración y suplicaba que no se le ocurriera agacharse para buscar.

—Mijito…

—Cállate. No me molestes.

Escuché decir a Horacio, y luego de otear las cuatro esquinas de la habitación salió por donde había llegado. Salí arrastrándome de debajo de la cama y quise huir lo antes posible, pero Isabel me retuvo.

—Ven, no te vayas todavía, que no he acabado de contarte —alzó la voz.

Temí que pudiera delatarme, de modo que cedí y me volví a sentar en la orilla de la cama, con el corazón agitado y tembloroso.

—No me lo vas a creer, pero ese día que estaba yo frente a su tumba pidiéndole que me perdonara escuché su voz, clarita, así como me estás escuchando tú ahora. No era una voz de fantasma (si lo sabré yo que de sobra conozco la voz de los fantasmas), no, era la voz de Sócrates que retumbaba en las paredes de piedra. Dijo que me perdonaba. Bueno, sus palabras fueron otras, dijo: «Ya cálmate, Isabel, no seas ridícula». Figúrate nomás cómo me habré asustado, ¡si él así hablaba siempre! Primero quise asegurarme de que fuera él, le pregunté si no era un demonio el que hablaba en su lugar, si no era un truco, porque se oía tan claro que no parecía un ánima. Pero no, era él, estoy segura.

Acostada de lado, con las manos acurrucadas en el pecho, hablaba más para la ventana que para mí. La luz de los ojos amarillenta, muerta.

—Pensé: «Su ánima todavía es muy fuerte, ha de estar muy enojado y viene por mí». Le pregunté: «Qué quieres», y me contestó que nada, que había sentido pena de verme, que no quería que yo siguiera sintiendo el remordimiento por lo que le había hecho. Me dijo: «Sigue con tu vida, Isabel, olvídate de lo que pasó, ya no importa. Si supieras lo que hay de este lado no andarías perdiendo el tiempo en rezos». Le pregunté si su alma estaba en paz, si se hallaba en sufrimiento —Isabel me tomó del brazo y me miró con media sonrisa—. Me contestó que estaba en paz, pero que tenía mucho dolor de muela. Y cómo no va a ser, si yo siempre he sabido que el dolor de muela es el castigo del Purgatorio para los que faltan en la fe. Así fue como nos enseñó la madre Socorrito. Con todas sus herejías ni cuándo fuera a llegar al cielo mi Sócrates. Ahora ahí está, sufriendo los tormentos el pobre. Le dije que le iba a llevar a un padre para que bendijera su tumba, que le iba a hacer una misa y me contestó que no quería nada de eso. Le dije: «Cuando menos déjame rezar por la salvación de tu alma», y me contestó: «Déjate ya de beaterías, mujer. Tus rezos me aturden acá abajo. Ocúpate de tu vida como mejor sepas. Goza lo que te queda de vida, ya no hace falta que reces más». Te lo juro por Dios.

—Bueno, doña Isabel, a mí me parece que eso está muy bien, ahora podrá sentirse libre de hacer lo que quiera.

—Eso traté, pero luego tú me abandonaste.

159

—No, doña Isabel, no fue culpa mía, ya se lo dije. Su hijo me encerró, él está chiflado, en serio, creo que me quiere matar.

—Es ella. Todo es siempre por ella. Ella es la que vale y yo no valgo nada. Ella me quita todo lo poco que yo tenga y me deja sin nada.

—No es así, señora. Tiene que entender que solo es una pintura. Si usted no me importara, yo ya me hubiera ido. No habría venido a buscarla, ¿no cree?

—Llévame a mí también, José. Sácame de aquí. Por favor, te lo suplico. No soporto estar encerrada un minuto más. ¿Qué voy a hacer ahora? Si no rezo, si ya no tengo que vivir para la penitencia, entonces qué voy a hacer. ¡Por favor, llévame!

Se incorporó y alzó muy fuerte la voz. Temía que nos descubrieran, que Horacio regresara y me encontrara ahí. Debía salir a como diera lugar.

—Tranquilícese, Isabel. Le prometo que en cuanto pueda vengo por usted.

—Pero yo mientras qué voy a hacer. Cómo voy a aguantar encima este silencio…

Parecía perdida a mitad de una estación llena de gente.

—Tiene que recuperarse y le prometo venir a verla, ¿sí? Se quedó un rato cabizbaja.

—¿Puedes llenar ese vaso de agua y pasarme mi medicina? Llené el vaso en el grifo del baño y saqué de un cajoncito que me señaló el frasco gotero que le llevé cuando hablamos por primera vez.

—¿Cuántas gotas?

—No, déjalo, yo al ratito me la tomo.

Dejé el vaso y el frasco en el buró, junto a un retrato de estudio de Horacio niño.

—Le prometo que regreso a verla tan pronto como se calmen las cosas, ¿está bien? —Me levanté.

—Cuándo…

—No sé, un par de semanas, luego de que Horacio se vaya.

—¿Lachito se va a ir? ¿Cómo? ¿A dónde se va mi hijo? Mi hijo… Y yo qué voy a hacer sin mi Lachito…

Volvió a soltar el llanto, pero esta vez era un llanto cansado y seco, como los arroyos de abril. Se recostó y sumió el rostro entre las almohadas. Le acaricié las puntas del cabello y me fui.

# 9.

El jardín parecía despejado. Atravesé a toda prisa frente a la ventana de Horacio, aunque por el reflejo del cristal no pude ver hacia dentro. Casi llegando a la cocina escuché voces. Rodeé la alberca y me detuve recargado contra la pared. Panchito y la Tona se hallaban en pleno escarceo amoroso. Él galanteaba y ella le decía sin mucha convicción que la dejara en paz y reía. Ambos estaban dentro de la cocina. Calculé el tiempo que le llevaría a Panchito dar la vuelta a la barra si me veía subir las escaleras y decidí correr.

—¡Hey! ¡Tú! ¿A dónde vas? ¡Alto o disparo! —gritó Panchito y me congelé en el cuarto o quinto escalón. Cuando volteé vi que llevaba el brazo extendido, formando una pistola con los dedos, como si estuviéramos jugando a policías y ladrones. Me lancé de nuevo escaleras arriba. Abrí la puerta y corrí para atravesar el terreno baldío, pero no alcancé a llegar ni a la mitad cuando Panchito me derribó sobre el suelo polvoso. Me torció los brazos detrás de la espalda y me jaloneó de nuevo hacia el interior de la casa. Intentó arrojarme por las escaleras pero pude sostenerme del muro y alejarme de él.

—Jálele p'allá —señaló el taller con la barbilla.

Caminé por mi cuenta, resignado, pero antes de entrar me sujetó de la nuca para presentarme como su presa.

—Aquí está, patrón. Ya lo encontré. Se nos andaba queriendo pelar.

—Tranquilo, Francis, con cuidado que me lo vas a romper. El señor es mi invitado y tienes que tratarlo con el respeto que se merece. Anda, mejor ve a decirle a los muchachos que vengan. Diles que de una vez se traigan el equipo. Panchito, ahora llamado Francis, obedeció igual de confundido que yo ante la defensa de Horacio. Me pidió tomar asiento y se paseó frente al cuadro a pasos lentos, sosteniendo en la mano un jarro de café.

—Felicidades, José. ¡Lo conseguiste! Esto era exactamente lo que yo quería. Es perfecta. Es... ¡Una copia verdadera!

—Entonces por qué no simplemente dejaste que me fuera.

—Oh, bueno, quería darte las gracias antes, pero eres libre. Adelante, no habrá quien te detenga, Francis ya se fue. Él no es muy inteligente que digamos, debes perdonar sus imprudencias. Ah, y no olvides pasar por tu pago a mi oficina. Que sea esta semana, porque la siguiente me voy.

Tomó un sorbo de café y me dio la espalda, pero sus palabras tenían truco. Preferí esperar a que terminara de decir lo que fuera que quisiera decirme. Al ver que no me levantaba de la silla fue y se sentó frente a mí y apoyó los talones en la mesa.

—Sí comprendes que todo esto de amenazarte y encerrarte fue una broma, ¿verdad? Una prueba. Una manera de hacer que lograras dar a la obra el punto exacto. Debes sentirte orgulloso, José: diste el gran paso. ¡Ya no eres un vil copista, eres un poeta!

—¿Y tu broma incluía hacer que perdiera mi casa?,

¿matarme de hambre, hacer que tu gorila me asfixiara mientras estaba dormido?

—¡No me digas que…! En serio, ese tipo se trae algo contra ti, eh. Yo en ningún momento le pedí que hiciera algo tan horrible. Lo de la casa… son minucias, tácticas de guerra. Sabes que vas a recuperar con creces cualquier cosa que hayas perdido. Y no podrás decir que no valió la pena. Mira esto… esto es digno de todo mi respeto. Hiciste que sucediera. Ahí está, *el sentido íntimo que logra quebrantar la forma.* ¿Te das cuenta?

Volteé a ver el cuadro, pero fue como si no lo reconociera. Como si no recordara haberlo pintado.

—Si por mí fuera yo dejaba colgada a esta *Morisca* en la capilla y entregaba la verdadera. En serio estoy sorprendidísimo.

Un equipo de cinco personas vestidas con overoles blancos llegaron a la puerta del taller llevando toda clase de aparatos y herramientas.

—Vente, vamos. Tenemos que dejarlos hacer su trabajo —luego le dijo a ellos—: Pásenle, muchachos, aquí la tienen. Recuerden muy bien todo lo que quedamos: siglo xvi, las huellas del incendio, los golpes del viaje y el ladrillazo del terremoto.

Uno de los trabajadores llevaba un tanque de gas y un soplete. Otros sacaron de sus cajas de herramienta lijadoras, esmeriles y taladros. Salimos del taller. A mis espaldas se quedó el bramido de la flama regulada por la perilla del tanque.

Seguí a Horacio hacia la entrada de la bóveda. Vi que el Gordo estaba limpiando la alberca y quise despedirme de él. Me acerqué y en voz baja le di las gracias, le dije que me iba. Traté de estrecharle la mano pero él se negó. Se alejó de mí y sin hacer seña de nada siguió pescando flores de buganvilla, concentrado en dirigir el largo bastón del cernidor. A la distancia parecía un barquero que hiciera navegar la casa sobre un mar quieto, recién podado.

Horacio me hizo pasar a la bóveda y nos sentamos en los mismos sillones de la primera vez. Como si entre el primer día que llegué a la casa y aquel momento no hubieran transcurrido sino unas cuantas horas. Sacó una chequera de uno de los cajoncitos del secreter que hacía las veces de cantina y se dispuso a escribir en el talonario.

—No —le dije con voz firme—. No quiero cheques. Quiero que me pagues en efectivo.

Levantó la mirada sobresaltado y burlón.

—Págame en efectivo si no quieres al rato encontrar en la Glorieta Chapalita otras diez copias de *La Morisca*.

—¡Pero qué habilidad para negociar, caray! Hasta te pareces a mí. Está bien, te voy a pagar en efectivo. Solo espero que cumplas con tu parte del trato, eh. De lo contrario tendría que matarte o de perdida sacarte los ojos como les hacían a los copistas en la Edad Media.

—Por eso no te preocupes. Tú págame en efectivo y yo me olvido del cuadro.

—Okey, okey. Pero no tengo tanto dinero aquí. Tendrías que acompañarme al banco.

No respondí. De ninguna manera iba a ceder ante sus triquiñuelas.

—Está bien, vamos. Así sirve de que te dejo por ahí donde tú me digas.

No sé de dónde me había salido la frialdad y el aplomo con que dominaba la situación. Sin el menor asomo de miedo. Subimos a su Alfa Romeo y fuimos a un banco que estaba a unas cuantas calles, sobre Avenida Acueducto. El ejecutivo que nos atendió apiló sobre el escritorio seis pacas de billetes envueltos con cinta de seguridad.

—El caballero no trae portafolios, ¿verdad? —dijo con un ligero tono suspicaz. Le respondí que no—. Permítame, deje ver si puedo conseguirle algo.

El hombre volvió con una bolsa de plástico verde, de las que se usan para el mercado. Un *souvenir* del Bancomer para las amas de casa. Horacio miraba de lejos la escena, sosteniéndose la mejilla en el dorso de los dedos. Parecía divertido.

—Usted disculpe, fue lo único que pude conseguir —dijo el hombre mientras acomodaba dentro los fajos de billetes igual que si se tratara de gordos aguacates maduros.

Salimos del banco y subimos nuevamente al carro de Horacio.

—¿Dónde te dejo?

—En López Mateos, a la altura de Avenida México.

—¿Te quedarás con algún familiar?

—No, en vista de que me dejaste sin casa voy a quedarme un par de días en el Quinta Real.

—Ah, es una buena opción. El dueño es cliente mío. Si quieres puedo decirle que te haga descuento.

—No. No es necesario, gracias.

—Ay, José, ya, por favor. Haces que me sienta mal. Como si fuera yo un ser maligno, abominable, cuando lo que quería era ayudar. No me digas que después de esto volverás a pintar como lo hacías antes... Imagínate lo que serás capaz de pintar ahora. Todavía no te has dado cuenta de en lo que te has convertido, pero ya llegará el momento, y entonces hasta me lo vas a agradecer.

Conducía despacio por las calles asoleadas. Yo guardaba silencio, con el bulto de dinero encima de las piernas.

—Debes entender que todo proceso que valga la pena debe ser difícil, debe ser penoso para que surta efecto. Así son las cosas. Tú has pasado la prueba y estás ahora listo, ¿entiendes? Ojalá estuvieras dispuesto a seguir trabajando conmigo. Se te abrirían las puertas del mundo como no tienes idea.

—Olvídalo. Yo aquí me bajo, puedo llegar por mi

cuenta.

Intenté abrir, pero el seguro estaba puesto en automático y no sabía cómo quitarlo.

—Espera, no te vayas así —estacionó el auto bajo la sombra de un árbol—. No quiero que quedemos en malos tratos. Quisiera de algún modo resarcir el daño que te he hecho. Comprendo que no quieras trabajar conmigo, pero por lo menos déjame facilitarte un poco las cosas. Vamos esta noche al club. Te presentaré con los principales coleccionistas de la ciudad, a las celebridades que anden ahorita por aquí. Es gente realmente poderosa —hizo una seña como si abrazara un fajo de billetes con el índice y el pulgar—. Ya tú sabrás con quién haces trato y con quién no, pero por lo menos déjame ayudarte a dar ese salto. A mí no me cuesta absolutamente nada. Además yo ya me voy, no tendrás que volver a verme si no quieres. Así te facilito las cosas y me quito este peso de encima. ¿Qué dices?

Me quedé callado un rato. Las manos me sudaban sobre el plástico de la bolsa.

—Está bien. Pero hoy no creo que pueda.

—Por qué, hombre. Acuérdate de que me voy la siguiente semana. ¡Hoy es el mejor día para ir al club! ¿Qué otra cosa puede ser más importante?

—Tengo que sacar mi camioneta del corralón. Se la llevaron el día que fui a verte.

—¡Ahí sí yo no tuve nada qué ver con eso, eh! —soltó una risilla cínica—. A ver, anota aquí las placas.

Puso el auto en marcha de nuevo, tomó su teléfono celular y marcó un número.

—¿Sargento? Necesito que me ayude a recuperar una camioneta que levantó la grúa hace un par de meses. Me urge. A ver, le paso los datos…

Le pagaría tan solo una propina al conductor de la grúa y recibiría mi camioneta en la entrada del hotel, donde Horacio se había detenido para que yo bajara.

—Te espero en la casa a las siete en punto. Tienes que ir de frac. Si no te rentan uno aquí, yo te presto —dijo a manera de despedida. Le hice una seña de adiós a través de la ventanilla y entré al que me parecía entonces el hotel más lujoso del mundo.

Antes de registrarme fui al baño del lobby y saqué suficiente efectivo de la bolsa que llevaba enrollada bajo el brazo. Pagué por adelantado la habitación y después salí para recibir a la grúa que me entregó mi camioneta en un estado deplorable. Cubierta de polvo, las llantas pinchadas, el motor pasmado y sin gasolina, aceite, agua y líquido de frenos. Me dolía de solo verla.

Del otro lado de la avenida había un servicio automotriz. Pedí al conductor de la grúa que la llevaran allá y acordé con el mecánico que le hicieran todos los arreglos que fuera necesario. Quedaron en tenerla lista antes de las cinco.

Volví al hotel y fui a mi habitación. Abrí las cortinas, aspiré el aire impregnado de olor a cera, me quité los zapatos y me dejé caer en la cama para rebotar rodeado de almohadones. Me quedé un rato así, sin hacer nada, mirando los patrones dibujados en las aspas del ventilador de techo. Horacio tenía razón, de no haber sido por aquellos días difusos del encierro seguiría pensando igual, seguiría pintando como hasta entonces o, lo más probable, dejaría de pintar. Ahora tenía todo muy claro: no podía hacer otra cosa. Necesitaba lienzos, un espacio tranquilo y toneladas de pintura. Las imágenes se precipitaban implacables en mi mente, las ideas detrás de las imágenes luchaban por manifestarse ante la luz. Podía ver el mundo a través de la mirada de la pintura, o más bien, necesitaba de esa mirada para darle sentido a la realidad. En algún momento me giré bocabajo, abracé un almohadón y me quedé profundamente dormido.

Desperté pasadas las cinco renovado y lleno de bríos, entusiasmado por poner de nuevo las manos en el volante de mi camioneta. Se me agitó el corazón al escuchar el motor que encendió a la primera, el rechinido de las llantas en el suelo liso del taller. Fue la misma emoción que cuando la había sacado de la agencia por primera vez. La sensación de poder ir hasta el rincón más lejano del mundo. Di un par de vueltas para calar el motor. Entré al estacionamiento del hotel y después de asegurarme de que nadie me viera, escondí la bolsa con el dinero debajo del asiento, en un hueco entre los resortes, donde no fuera visible ni agachándose para buscar.

En ese momento pude haber hecho cualquier cosa. Me pude haber puesto frente al volante y no parar hasta llegar a una ciudad con muchos pájaros donde empezar de nuevo, irme de vagabundo, instalar en la parte trasera un camper, llenarlo de material e irme por ahí a pintar en la plaza de un pueblo, en un descampado. O tal vez no. Tal vez ya desde entonces tenía un algo amarrado del alma que no me dejaba ir lejos. En la entrada del hotel había una puerta con letras doradas que decía *concierge*. Toqué y se asomó un hombre mayor que llevaba puesto un ridículo sombrero de copa.

—Necesito un frac. ¿Puede ayudarme?

—Por supuesto, caballero. Acompáñeme, si es tan amable.

Lo seguí por los pasillos del hotel. Imaginaba que en cualquier momento saltaría de su sombrero una paloma o un conejito blanco.


—Espero que esa buena memoria que tienes sirva también para guardar nombres y referencias —dijo Horacio cuando entramos al *mezzanine* del University Club. Una veintena de hombres vestidos de *smoking* y una que otra señora en vestido de gala salpicaban aquí y allá el amplio salón de piso de ajedrez. Una mesa redonda en el centro sostenía un ramo grande de flores frescas y en una de las esquinas un cuarteto de cuerdas interpretaba una pieza clásica que me era familiar, pero no conocía su nombre.

El humo de los cigarros y los puros se agolpaba en las cornisas de yeso. Los meseros de guantes y chaqueta blancos iban de aquí para allá llevando copas con bebidas en sus charolitas plateadas.

—Ese canoso pelón es don Gabriel Covarrubias, al rato vamos y te lo presento. El flaco estirado de allá se llama Silvestre Flores, un coleccionista más o menos importante, lava dinero de Caro Quintero, pero no te conviene, solo le interesa el arte abstracto, no quiere nada de figurativo —tomó en vilo la copa de vino espumoso que acercó el mesero y le dio un trago grande—. No te imaginas cuánto detesto toda esa faramalla del arte contemporáneo. Es una verdadera farsa: unos hacen como que entienden, otros hacen como que hacen. No soporto ese vértigo, ese olor a plástico nuevo —puso cara de repulsión y dio otro trago como para aclararse el mal sabor de boca—. ¡Ah, mira, ven! Mejor te presento con Hilario Galguera.

Horacio me llevaba de un grupo a otro presentándome como el mejor pintor que hubiera conocido jamás. Esa noche me sentí como quinceañera. Me codeaba con todo tipo de personas: millonarios cultos, millonarios ignorantes, políticos, coleccionistas y hasta uno que otro diplomático que llegaba adelantado para la Cumbre Iberoamericana de la que yo no sabía nada, pero que primaba en casi todas las conversaciones.

La mayoría de los que mostraron algún interés me dieron su tarjeta y me pidieron que los llamara para concertar una cita. Otros me invitaban a algún evento, como la cantante de ópera que me prometió hacerme pasar tras las bambalinas del Teatro Degollado, don Gustavo Agraz que me invitó a conocer por dentro la torre del reloj de Jardines Alcalde o la señorita de Alba, una leyenda en el mundo de las antigüedades, era más vieja que Matusalén y se decía que acumulaba objetos de valor incalculable. Me insistió para que pasara cualquier día a las once en punto a su casa de Avenida Hidalgo para tomar el té.

Tenía el bolsillo de la chaqueta abultado de tarjetas y papeles. Lo malo fue que Horacio se puso muy borracho. Empezó a perder la compostura y a decir impertinencias como que todos los artistas eran unos farsantes menos yo.

«¡José Federico Burgos es mi gallo!», gritó antes de que pudiera arrastrarlo a la salida. El valet nos entregó el carro, pero Horacio no podía ni sostenerse. Me puso las llaves en la mano y dejó que manejara su costosísimo Alfa Romeo de regreso a la casa.

—Un hombre necesita de un amigo —balbuceaba en su borrachera—. Yo daría lo que fuera para que tú fueras mi amigo. No, no, daría lo que fuera por pintar como tú. Aunque sea un poquito. Pero ni con todo mi dinero puedo hacer que esta mano pinte. Todo es culpa de mi madre que… Nunca voy a… —dormitaba.

Llegamos a la casa y cargué con él escaleras abajo hasta llegar a su recámara. Lo dejé encima de la colcha y me dispuse a salir. Entonces Horacio lloriqueó que por favor no me fuera tan pronto, que se sentía muy solo.

—No me voy, pues. Aquí me quedo un rato —le dije, y esperé a que se durmiera. Era estridente el canto de los grillos en el jardín.

Encendí una lámpara y me puse a hojear un libro de fotografías del Sahara que estaba en la mesita de centro: caravanas de camellos y tiendas y mujeres cubiertas de tela, hombres cubiertos de tela, resolana, llanuras calvas y más resolana recalentando la arena tostada de siglos. Eché la cabeza hacia atrás y me quedé dormido.

Todavía entre sueños escuché el canto de un gallo. Cuando desperté me di cuenta de que no era un gallo sino alaridos. Un largo y desgarrado plañido resonó en los muros. Horacio palmoteó la puerta con ambas manos y entró en el dormitorio arrojando un insulto feroz, algo como «perro maldito» o «perro desgraciado», no recuerdo bien. Se abalanzó sobre mí y comenzó a pegarme y a decir agitado por el llanto y la ira: «¡Está muerta! Mi madre está muerta. Tú tienes la culpa».

Logré esquivar algunos de los golpes. En realidad Horacio no tenía mucha fuerza, pero cuando vi que se armaba con uno de los estoques de la chimenea retrocedí y salí corriendo de la recámara.

En el pasillo, frente a la puerta abierta del cuarto de Isabel, la Tona desgañitaba su voz en chillidos y reclamos.

—¡Tú se lo diste, infeliz! —clamó agitando en el puño el frasco vacío. Traté de eludirla pero sus manos crispadas me sujetaron de la ropa y del pelo—. Le diste el veneno, le diste falsas esperanzas —me dijo en el oído haciendo rechinar los dientes.

Su brazo vigoroso se me cerraba alrededor del cuello. En el mismo puño con que asía el frasco arrebujaba una hoja de papel rosa pálido escrita con pluma, como si la muerte de Isabel hubiera estado prescrita en una receta médica que ella misma redactara para convencerse.

No conseguía zafarme del abrazo de la Tona, lo que permitió que Horacio me sorrajara el estoque en la nuca. Se desvaneció la luz y me desplomé. Lo último que recuerdo es haber visto la tira bordada de unas enaguas blancas.

Abrí varias veces los ojos en la oscuridad sin saber si estaba vivo o muerto o a punto de morirme. Más tarde me cegó la luz del sol. Un rayo que me daba de lleno en la cara y me hizo despertar por completo para darme cuenta de que estaba encerrado en la gruta que había servido de tumba al padre de Horacio: piso lodoso, paredes de caverna, humedad. El rayo que me cegaba entraba por la reja que ahora veía desde el interior, como a dos metros sobre el suelo. No podía moverme, pero los escalofríos empezaban a apoderarse de mí y una voz en lo profundo de mi cabeza dijo: «Muévete. Si no te mueves te vas a morir aquí».

Empecé por las piernas. Estaban entumidas, pero en buen estado. Tenía la espalda contraída y parecía que todos los huesos estuvieran fuera de su sitio. Pero ningún dolor que hubiera sentido jamás se comparaba con lo que sentí al intentar mover la mano derecha. El aguijonazo salió desde la punta de los dedos y reventó en la base de mi cráneo con un grito que me atravesó la garganta.

Como pude me arrastré al muro más cercano para recargarme. Me quité la faja del frac e hice con ella un cabestrillo para inmovilizar el brazo. Luego me puse de pie, me asomé a la boca de la gruta y grité «auxilio» varias veces… Esperé unos minutos sin escuchar respuesta. De pronto oí una voz ronca que gritaba también «auxilio, auxilio» desde algún rincón del jardín. Era la guacamaya del Gordo: no era la primera vez que escuchaba el grito de ayuda. Me caló el miedo en el alma de pensar que los huesos del padre de Horacio tenían que estar por ahí, en algún rincón. Su cráneo, con la serpiente entrando por un ojo y saliendo por el otro, sería la señal de lo que en poco tiempo le ocurriría también al mío. Me escurrí de nuevo al piso y paulatinamente el pánico se fue apoderando de mí, minando cada uno de mis nervios.

Me armé de valor y con lo poco que quedaba del rayo de sol me puse a buscar los restos del hombre. Palpé el suelo con la mano izquierda hasta dar con algo. Un trapo. Un trapo grande y grueso que apestaba a orines. Jalé el trapo hacia el haz de luz y lo reconocí de inmediato por el patrón del estampado de cuadros. La cobija del Sóquet. El Sóquet y su dolor de muela. El Sóquet y la foto de *La Morisca* que le había regalado y que encontré pegada con chicle en una de las paredes de la gruta.

El rayo de sol se fue. Los temblores y la fiebre me derribaron. No sé cuánto tiempo dormí ni cuántas pesadillas tuve, aunque de todas ninguna se comparaba con lo atroz de la realidad. El mismo rayo de sol se abrió camino de nuevo en la penumbra para mostrarme que en uno de los resquicios de la caverna se abría una grieta por donde supuse que había logrado salir el Sóquet para salvarse.

Intenté escurrirme por ahí, pero mi cuerpo era demasiado grueso y no cabía. Hubiera tenido que someterme a los rigores de un derviche durante meses para alcanzar la flacura de Sócrates. La desesperación de todas maneras me hizo insistir hasta no poder avanzar ni retroceder. Por un momento pensé que me iba a quedar ahí para siempre. Emparedado en la oscuridad, en el centro de aquella casa que me había tragado por completo. Luchaba para salir del atolladero cuando escuché entre los ecos de la grieta el sonido de cantos corales. Velaban a Isabel.

Esa noche pude saciar la sed con los arroyos de agua de lluvia que se escurrieron entre las rocas. Recobré un poco las fuerzas y logré sacudirme el miedo. Tenía que buscar la manera de salir. Mientras tanto mi mano derecha se había quedado fija, aferrada al cabestrillo, punzaba sobre mi pecho como si tuviera doble corazón, un corazón adentro, y encima ese otro, magullado y doloroso.

Me paré de puntas bajo la boca de la gruta para ver si podía alcanzar la llave. Si Horacio me había dado por muerto, tal vez la llave seguía debajo del molino. Necesitaba las dos manos para subir. Con ambas manos no habría tenido ningún problema, pero con una sola no podía sostener mi peso para alcanzar los barrotes y recargar el tronco en el borde. Después de muchos intentos lo que pasó fue que derribé cantidad de veladoras y santos y flores de tela dentro de la gruta. Se me ocurrió apilar los vasos de vidrio y, con ese pequeño escalón y mil esfuerzos, conseguí apoyarme en la entrada de la gruta. Ahora lo difícil sería volcar la piedra de molino, que estaba del lado derecho. Me contorsioné para alcanzarla con la mano izquierda, pero era inútil, estaba muy lejos. Volví a acomodarme para intentarlo esta vez con la punta del pie y por fin pude volcar la piedra, pero debajo solo había musgo, cochinillas y hojas secas.

Desesperado agité la reja, pateé los barrotes con la poca fuerza que me quedaba y rugí para contener el grito de rabia que se me escapaba de la garganta. Escuché pisadas en el pasto. Asustado, salté dentro de la cueva oscura. Era el Gordo, dejó caer dentro tres naranjas, una bolsita de nueces y la llave. Quise subir para darle las gracias, preguntarle qué era lo que pasaba, aunque de antemano sabía que él no podría responder. Lo único que vi fue su gesto de silencio. Volteó con miedo hacia la casa y se fue corriendo.

Por tercera vez el rayo de luz apuñaló las tinieblas de la gruta. No aguantaba más el dolor de la mano, la fiebre. Estuve atento a los ruidos. Esa mañana hubo mucha agitación. Voces, gente que bajaba y subía las escaleras. El arrastre de cajas, rueditas de maleta y objetos pesados. Después del mediodía se quedó todo quieto. Subí nuevamente a la entrada y pegué la cara a los barrotes para ver. Hasta las copas de los árboles se habían callado. Abrí el candado de la reja y salí. La casa estaba desierta y tan silenciosa que parecía contener la respiración para esconderse.

Habían cortado la electricidad. La alberca estaba cubierta de hojas y de flores. Entré a la cocina y me llevé con desesperación a la boca un aguacate pasado, huérfano en el frutero. Casi toda la comida del refrigerador estaba descompuesta. El agua del grifo estaba turbia. Daba la impresión de que hubieran pasado meses. Calmé el hambre con conservas que encontré en la alacena.

Recorrí la casa para asegurarme de que no hubiera nadie. Fui al baño del cuarto de Horacio y busqué un botiquín. La visión de mi mano putrefacta y rota me golpeó en lo más profundo. Pateé desesperado el bote de basura, derribé los frascos y las lociones de Horacio, rompí el espejo con su cepillo de plata. Luego que pude calmarme un poco lavé por encima la sangre reseca, y envolví el brazo en una camisa de seda que arranqué del clóset. Subí a toda prisa las escaleras, tenía que ir a un hospital lo antes posible, pero al llegar a la puerta descubrí con horror que estaba cerrada con llave. Di media vuelta y desde lo alto vi la casa, los muros altos, la forma de greca recortada contra el cielo. Un laberinto plagado de bestias habría sido menos horrible.

Hice cuanto pude para abrir. Cuando vi que era inútil dediqué mis esfuerzos a salvar la mano. La sumergí en agua tibia con sal y la bañé de yodo, pero no serviría de mucho. Los dedos estaban rotos, la herida era tumefacta y hedionda. Salí al jardín, me senté en una tumbona junto a la alberca y me puse a pensar en la manera de salir de ahí. Solo había una alternativa. No me quedaba más remedio que armarme de valor y saltar.

Y fue entonces cuando te encontramos desbarrancado —dice el hombre de mirada de duende. Tiene la cadera recargada en la orilla de mi cama y el bastón colgado de uno de los brazos—. ¿Te acuerdas? Benito Albarrán y yo estábamos a mitad de nuestra partida, cuando de pronto caíste de la nada, justo encima del hoyo número nueve. Se da cuenta de que lo miro confundido y acerca la cara parodiando mi mirada de confusión. Luego sonríe con mucha dulzura y descruza los brazos.

—Tienes que ser fuerte, muchacho. Aguanta. Todo va a estar bien cuando vuelvas a casa, ya verás. Perteneces a ese lugar y ahora también le perteneces a *ella*. Pero eso tú ya debes de saberlo —agita la empuñadura de su bastón en el aire y después golpea el piso como si fuera el báculo de un hechicero. Se aleja sin decir más.

Escucho las voces a mi alrededor. Suben de volumen, alguien se exalta y pide que llamen al médico. El pabellón se llena de agitación y murmullos que rebotan en las paredes. Un pajarito se posa en la cruz de la hornacina. Respiro.

La novicia se acerca seguida de un hombre corpulento vestido con un overol salpicado de pintura. Lo reconozco, es el maestro Gabriel Flores.

—¡Me alegra que por fin haya despertado! Por lo visto ha sido usted muy valiente, se ha mantenido a pesar de todo. Lo felicito. Es un gusto para mí por fin conocerlo.

—Pero… estuvimos platicando la otra noche, en el pabellón central. Me enseñó sus murales.

—Cuánto lamento que no haya sido así —su voz es gruesa y calmada—. Si lo hubiera visto, no dude en que habría hecho todo lo posible para evitar que anduviera por los pasillos en el estado en que se encontraba. Me dicen que mencionó mi nombre entre delirios, pero para serle franco no sé cómo es que usted sabe quién soy. ¿Nos conocemos de algún lugar? —respondo que no—. Bueno, no tiene importancia. Supongo que no se acuerda de nada, pero la madre Juanita fue quien lo encontró en el suelo aquella madrugada, ardiendo de fiebre. Sufrió una grave septicemia. Su mano quedó debajo del peso de su cuerpo, lo que complicó todavía más las cosas. Los médicos hicieron hasta lo imposible para salvarla. Supimos que usted también es pintor. Yo mismo les pedí que lo tuvieran en consideración. Y vea, parece que ha mejorado mucho.

Miro la mano a mi costado, como sorprendido de que todavía esté aquí. Ensayo escribir en el aire con la mano izquierda para ver si era verdad que las habilidades de una mano se transfirieron a la otra, pero no, la izquierda sigue tan torpe como siempre.

—Y ahora cuénteme, José, ¿qué tanto me decía, o soñó que me decía, aquella noche?

Harían falta todavía muchas semanas, muchas penosas curaciones y algunas cirugías antes de que el traumatólogo decidiera darme de alta con la consigna de seguir la rehabilitación en una clínica de terapia física. Me advirtió que sería un proceso largo y difícil hasta recuperar por completo la movilidad, pero en definitiva, volvería a pintar. Me hizo prometerle que lo invitaría a mi primera exposición: «Y más vale que sea buena, eh, o te vuelvo a dejar la mano como estaba», bromeó mientras firmaba el alta y las prescripciones.

El maestro Gabriel quedó de llegar temprano para despedirnos. Son las once. Me visto la ropa que la madre Juanita hizo favor de conseguirme. No sé qué voy a hacer una vez que ponga los pies en la calle. Supongo que empezaré por buscar mi camioneta. Se quedó estacionada frente a la casa de Horacio, aunque dudo mucho que siga ahí. Tomo del buró las llaves con el llavero de serpiente y me las guardo en el bolsillo. Sor Juanita me abraza y le agradezco muchas veces por sus atenciones. Me persigna. Le pido que dé mis saludos a las demás monjas que estuvieron a mi cuidado.

Me encuentro con don Gabriel en el pabellón central. Dice las cosas que me figuro podría decir un padre amoroso a su hijo que se va de viaje.

—Cuídate mucho, José. Y cuida mucho esa mano para que puedas volver a pintar como antes.

—No se apure, don Gabriel, para eso tengo la otra

mano —le digo en alusión al sueño que él ya conocía de sobra. Nos reímos. Me abraza y pregunta por enésima vez si no necesito ayuda con algo, transporte, hospedaje. Insisto en que no, sabe que quiero arreglármelas yo solo y me deja ir.

Me dirijo hacia la salida y antes de bajar el primer escalón la veo de lejos. El corazón me da un vuelco. «Es... ¡Sí es! Tiene que ser...». Cruzo la calle y me acerco. Bajo la sombra de un naranjo está estacionada mi camioneta, esperándome como caballo fiel. No puedo creerlo. Tuvo que haber sido el Gordo, no hay más alternativa. ¿Cómo supo que estaba yo aquí, en este hospital?, ¿en qué momento trajo la camioneta?, ¿cómo o dónde podría encontrarlo para agradecerle? No tenía la menor idea. Saco del bolsillo las llaves que se empecinaron en seguir conmigo todo este tiempo y abro la cerradura. Huele a tapicería asoleada, a aceite de pino y almorol. Río. Si tan solo hubiera alguien con quien compartir esta risa. Río todavía más cuando me asomo debajo del asiento y toco y descubro el tacto de la bolsa de hule verde con el dinero dentro, caliente como un pan.

Estoy temblando. Las manos me tiemblan cuando trato de sujetar las llaves para encender el motor. ¿A dónde ir? ¿Dónde comenzar de nuevo? San Miguel de Allende, Oaxaca, el Distrito Federal. Nunca un hombre ha sido así de libre.

A unas cuadras del hospital queda el bazar de Rafa Salado. Voy allá y paso por debajo de la cortina cerrada a medias. Escucho el ruido de fichas de dominó en la trastienda. El gato percudido salta sobre el escritorio y estira el cuello para olfatearme el vendaje.

—¿Qué pasó, mano? ¡Qué milagro! Y ahora, ¿qué te pasó?

—Un serruchazo. Nada grave.

—Siéntate, ¿qué te sirvo?

—Gracias, pero voy de paso nomás. Venía a dejarte una piececita, si la quieres.

—¿En consignación? Porque ahorita ando sin lana, fíjate.

—No, déjalo. Ahí lo que le puedas sacar. Está muy maltratada.

—Pues échamela. Gratis hasta las patadas.

Fuimos a bajar el tríptico de la señora Chang. El sol se había comido la pintura y el barniz reseco se había levantado en tecatas. No tenía ningún caso tratar de devolvérselo a su dueña y dar explicaciones que ella jamás entendería.

—Oye, y qué fue del negocio que te conecté aquella vez. ¿Todo bien?

—Todo bien, don Rafa. Ya estuvo. Fue una cosa muy sencilla. Una restauración.

—Ah, menos mal. Porque me enteré por ahí de que el tipo ese andaba en malos pasos. Quesque andaba traficando con drogas en no sé qué país. No, si se armó todo un merequetengue.

—¿Ah, sí? —Fingí no darle mucha importancia.

—Sí, se me hace que se puso feo. Eso fue hace apenas como un par de semanas. Yo por eso andaba preocupado. Dije: «No sea que Chepe ande metido en esas también».

—No, cómo va a creer, don Rafa. Yo aquí ando, tranquilo, sobándome el lomo como siempre.

—Ta bueno. Pues déjame eso a ver si le encuentro cliente. ¿Te vas de viaje?

—No, ¿por qué?

—No sé. Creí. Como que se me hizo que tenías cara de que te ibas lejos.

—No, aquí ando, cualquier día de estos vengo a darle lata con mis pinturas.

—Cuando quieras, por acá te espero y nos echamos unos tequilitas. Ah, por cierto, ¡hay qué celebrar! La

Malinche va a ser mamá, ¿no sabías?

—No sabía, pero me da mucho gusto. Qué bueno que me dices, luego la busco para felicitarla.

Subo nuevamente a la camioneta y agarro por todo Revolución hasta González Gallo, luego en Lázaro Cárdenas la avenida se va volviendo carretera, y entre más carretera es con más confianza que piso el acelerador.

Pasando el puente de Zapotlanejo el rechinido de los resortes del asiento me hace voltear. El hombre de la mirada de duende me acompaña. Sostiene con ambas manos su bastón entre las piernas.

—Qué bonita está la barranca, ¿verdad? Uno ni se lo espera, y de pronto ahí está. Repentina y verde, verde…

Hago como que no lo escucho. Clavo la vista en la carretera.

—¿Nunca te contaron de la maldición de la barranca de Huentitán? Fue por los indios caxcanes que se arrojaron al vacío huyéndole a los grilletes de los conquistadores. Es por eso que nada prospera ahí, siendo un lugar tan bonito. ¿Te das cuenta? La ciudad entera le da la espalda. Solo gente pobre se va a vivir allá. Cuánto quisieran los gringos tener una vista así, de la tierra que se abre. A ver, dime tú, ¿cuándo fue la última vez que te asomaste al mirador de la Cola de Caballo?

—Bueno, y tú quién eres —digo por fin, al ver que no deja de hablar—. ¿Una alucinación, un espíritu chocarrero, o qué?

—Yo me llamo Luis Barragán. Y el motivo de que me encuentre contigo ahorita es porque vas en el sentido equivocado. La casa queda para allá —señala a sus espaldas con el pulgar.

Me orillo y detengo la camioneta en un claro junto a la carretera. La maniobra requiere toda mi atención y cuando vuelvo a mirar él ya no está. Salgo de la camioneta, respiro, trato de calmarme. Camino unos pasos hacia el monte y me oculto detrás de los matorrales para orinar. Miro el cielo pardo. El viento me zumba en las orejas. Los racimos de Santa María se estremecen como olas amarillas inundándolo todo con el olor de las hierberías del mercado Corona. No es el hecho de estar perdiendo la razón la cosa que me inquieta. La cosa que me inquieta es este lazo profundo, este nudo ciego que me jala de muy adentro y que entre más lo estiro más me duele.

Subo de nuevo a la camioneta. Enciendo el motor. Miro hacia ambos lados de la carretera y arranco fuerte con un volantazo de ciento ochenta grados que hace crujir el asfalto. Acelero. No quiero pensar. En lo único que pienso es en que no quiero pensar y me quedo imaginando a los indios que caen desbarrancados, con la cara llena del asombro de sí mismos.

Entro de nuevo a la ciudad, recorro calles bien conocidas, me estaciono frente a la entrada de los leones chatos. Meto los dedos por debajo de la puerta de metal y tiro del alambrito para abrir. Atravieso el terreno baldío. Abro la puerta del cristal roto, reconozco el frescor, los olores del jardín. La casa me recibe con el grito eufórico de un hombre que corre desnudo cuesta abajo por la ladera de pasto, para saltar en la orilla de la alberca y caer con una gran explosión líquida que llena el aire de vida. Veo la maraña de cabello gris flotar sobre el azul marino. Sócrates nada boca arriba con los ojos cerrados. Llego hasta la terraza donde la guacamaya contonea sus patas de un lado a otro sobre el respaldo de una de las sillas. Al verme contrae las plumas y libera una gota de excremento muy quitada de la pena.

El Gordo sale de la casa y se detiene nervioso frente a mí. Sin levantar la mirada me toma la mano izquierda y la estrecha. Siento su tacto de niño, la almohadilla húmeda del pulgar. Lo jalo hacia mí y lo abrazo. Quisiera abrazarlo más pero su cuerpo se pone rígido y se separa con pasitos alegres, toma en su brazo a la guacamaya y le acerca una zarzamora al pico.

Sócrates sale de la alberca y se enreda una toalla en la cintura. Sonríe. Sus ojillos rasgados asoman detrás de la pelambrera mojada.

—Fui con los estudiantes de odontología y me sacaron la muela, mira —se jala el cachete y me enseña el hueco en la encía—. No me dolió nada.

Todavía estoy perplejo y no sé qué responderle.

—Qué bueno que llegas —dice—. Yo solo no iba a poder acabarme todo este pollo.

En la barra de la cocina hay una caja grande de Kentucky, toma una pieza y le da una mordida. Corre a la alberca, avienta la toalla y se arroja al agua con el bocado en la mano.

Me da mucha risa. La risa me cosquillea dentro. Bulle. Me brota por los ojos en un llanto azucarado y fresco. Entro a la casa. Recorro el pasillo hasta el fondo como si alguien me llamara desde allá. Me descalzo antes de salir al patio de los cántaros para sentir el suelo mojado con los pies. La puerta del ventanal está entreabierta y se alza la cortina con el viento, pero del otro lado no hay nadie. La jacaranda henchida de flores llueve sobre el patio con cada ventisca. Un gorrión entona su himno brevísimo y vuela. Es el principio.

CHARCO A PRESS

Directora editorial: Carolina Orloff
Editor y coordinador: Samuel McDowell

www.charcopress.com

Para esta edición de *Puertas demasiado pequeñas* se utilizó
papel Munken Premium Crema de 80 gramos.

El texto se compuso en caracteres
Bembo 11.5 e ITC Galliard.

Se terminó de imprimir en marzo 2022
en TJ Books, Padstow, Cornwall, PL28 8RW, Reino Unido
usando papel de origen responsable en térmimos
medioambentales y pegamento ecológico.